CARNEADES《カルネアデス》

嬉しそうなイヴ。
照れているルナ。
まだ尻尾をモフっているハツネ。
三名に向けて、
彼女は高らかに宣言する。
「今日は、パーティーといこう！」

目の前では、
ノアがハツネの血を吸っていた。
ペットの露わにされた上半身は
艶かしく白い。
穴から零れ落ちた血を、
トドメのように小さな舌が舐めとる。
ついに、ハツネは甘い声を漏らした。

「喝采せよ！」
彼女は謳う。
彼女は語る。
彼女は紡ぐ。

# カルネアデス
## 2. 孤高の吸血姫と孤独な迷い猫

綾里けいし
イラスト・企画：rurudo

MF文庫J

CONTENTS



口絵・本文イラスト rurudo

# プロローグ

　真円のような月が、紅《あか》く滲《にじ》んでいる。

　だが、もしかして、それは彼女の視界にかぎってのことかもしれなかった。

その目には、少なくない量の血液が流れこんでいる。返り血と自身の血を、彼女は完璧な胸の形を強調したドレスで包みこんだ全身に浴びていた。視界に入るなにもかもが、今では生々しい紅色に染まっている――実は、彼女にはわかっていた。頭上に浮かぶ月が、本当は白く冴《さ》え冴《ざ》えとかがやいていることを。けれども、その目には紅い染みのようにしか映らないのだと――だが、別によかった。

　それでもよいと、彼女は思う。

　なぜならば、彼女は血の王だ。

　彼女は考える。このさびれた荒野の果てまでも――枯れ木や沼のすべてが――紅に沈めばよいと。黒く影に彩られた丘もまた、血に染まればいい。そうすれば彼女の孤独も少しは癒えるかもしれなかった。ひとりきりの王であり、高貴な姫である彼女に、世界が寄り添ってくれているのだと錯覚を覚えられるかもしれない。だが、同時にわかってもいた。
そんな日など来ない。
彼女はひとりきりだ。

永遠に、ひとりだ。

だがそれは彼女らしくない思考でもあった。彼女は知っている。孤独とは苦痛ではない。孤独とは悲哀ではない。孤独とは慟哭《どうこく》ではない。孤独とは刑罰ではない。孤独とは代償ではない。孤独とは至高である。だからこそ、吸血鬼は孤独を冠に掲げたのだ。それなのに、

さみしいなと、彼女は思った。
確かに、思ってしまったのだ。

そして、戦地において余計な感傷は命とりである。
次の瞬間、銀の杭《くい》で、彼女は胸を深々と貫かれた。

「──油断したな？　らしくもない」

目の前に立つ、狩人《かりゅうど》が口を開いた。他でもない、凶器を振るったのはこの男だ。黒いコートを着た鴉《からす》のような男――吸血鬼狩りを専門とする人間――は、そうして、唇を歪《ゆが》めた。たとえるのならば、それは影のようなほほ笑みだった。男が精一杯浮かべてみせた表情は、多くの者には筋肉のひきつれにしか見えない無様なものであった。だが、彼女は確かに気がついた。どうやら、彼は笑ったのだと。重々しく、狩人はささやく。

「さみしいな、ノアリス・クロウシア・ノストゥルム」

彼の言葉には、友人へと向けたひびきがあった。だが、狩人は右手に杭を持ち、左手に大剣をかかげ、彼女の首を狙っている。迷うことなく、彼は彼女を殺そうとしていた。それでいて、親しくささやき続けるのだ。

決して、吸血姫の深い孤独を馬鹿にすることなく。

「私も、さみしい」

彼女は応えようとする。だが、喉元に血がせりあがった。胸元に刺さった銀の杭のせいだ。同時に、彼女は悟った。言葉はいらない。きっと、狩人には伝わっていることだろう。

互いに癒えない孤独を抱えていることへの同情と、運命の怨敵に対する親愛が。

だから彼女はただ腕を振るった。己が殺される前に、狩人《かりゅうど》の命を絶とうとする。
それが礼儀というものだ。

他者とのかかわりを、彼女は殺す以外に知りはしなかった。
それが誇り高き、最強の吸血姫という、孤独な存在だった。

荒野に影が躍った。骨が断ち切られて、肉が潰れた。
血が舞った。交差したまま、ふたつの影は動かない。

そうして、
そうして？

彼女は心臓を貫かれ、首を刎《は》ねられた。
眩暈《めまい》がするほど遠い過去のことである。

まるで御伽噺《おとぎばなし》のような紅色の夜。
さみしい吸血姫と、狩人がいた。

今はもう、ふたりともがいない。

# 第一幕　新たな事件のはじまり

明るい、夜だった。

冴《さ》え冴《ざ》えと、月は白くかがやいている。

そのさまは、まるで闇という黒い湖に浮いた一枚の鏡のようだ。

欠けのない真円は、灯《あか》りのないスラム街をも照らす。ガラクタを組みあわせたかのような木造の家々に、染みわたるかのごとく澄んだ光は広がった。だが、貧しい人間たちに、明るい夜が歓迎されるかといえば、必ずしもそうではない。


月とは魔の象徴だ。

こんな満月の夜には、悪魔が騒ぐ。


そうして最近では——悪魔を恐れて人々が閉じこもった夜にこそ罪をなす者が存在した。

その証拠のように、今、路地裏を走る影がある。

うす汚れた身なりの男だ。彼の安物のシャツや、擦りきれたズボンは紅《あか》く染まっている。

その手には血濡《ちぬ》れたナイフまでもが握られていた。殺人の痕跡を、男は生々しく夜に晒《さら》している。紅く汚れた刃《やいば》の曲線には、脂肪と肉の欠片《かけら》が張りついていた。

ソレをべろりと舐《な》めて、彼は歪《ゆが》んだ笑みを浮かべる。

次の瞬間だ。

カッと、清浄な光が男を照らした。

「見つけた、『切り裂きのジョン』！」

高らかな声がひびいた。

新たな誰か——正義に属する存在の登場だ。

男は舌打ちし、ナイフを構えた。脅すように、彼は刃を動かす。

それに向けて、相手は臆することなく言い放った。

「無力な子供だけの家を狙って、侵入し、殺害のうえで金銭の強奪をくりかえすなど、万死に値する！　天使の目からは逃れられないと知りなさい！」

「天使、だと？」

にらむように、男は自分を照らす光のほうへと目を向けた。

見れば、白い翼の生えた丸い物体がパタパタと宙に浮かんでいる。それは投光機の役割を果たし、男へと聖なる光を投げかけていた。そして二体の球体の中央には、ひとりの少女が立っている。彼女の目はやわらかな紅色。ふたつ結びの髪は、クリーム色がかった白。

小柄な体は、メリハリこそ控えめだが、人形のように均整がとれている。その身を、少女は白と黒の軽やかな作りの制服で包んでいた。愛らしいが、同時に凛々《りり》しい印象がある。

その頭に、彼女は羽の紋章が描かれた帽子をかぶっていた。

渇いた喉から、男はひび割れた声をあげる。

「天使警察か⁉」

「そうそのとおり。覚えておきなさい。アンタを捕まえる天使の名を……アタシはエル」

カッと、投光機の光がふたたび強まった。

手袋をした指で、少女は帽子のツバをかたむける。そしてニッと笑うと誇り高く続けた。

「天使警察エリートのエル！」


だが、堂々たる名のりを、男はまともに聞きなどしなかった。

身を低くして、彼は少女――エルへと前のめりに突っこんでいく。

男には勝算があった。しょせん、彼はただの快楽殺人鬼。大義も誇りもなにもない。それでも、殺しの腕にだけは一定の自負があった。加えて、男は犯罪者仲間から事前に聞かされていた。天使警察は光の武器を編みあげるという。ならば、造らせなければいいだけの話だ。エルとやらが武器を構える前に肉薄して、男はやわらかな喉を裂くつもりだった。

ジグザグの跳躍も交ぜて、彼は彼女へ近づく。一瞬にして、男はエルへと迫り――。

「えっ？」

横手から飛びこんできた、獣に襲われた。

痩身の犬に、腕を噛《か》まれる。そのまま、男は割れた路面へとひき倒された。そこで、彼はじめて気がついた。エルの派手な登場は囮《おとり》だったのだ。光で飾り、周囲を見えにくくするための餌だった。だが、そうわかったところで、今更なす術《すべ》などない。獣の鍛えられた前脚で、彼は肩を押さえつけられた。もがこうとすると、牙が更に深く食いこんでくる。

完全に、男は身動きをとれなくされた。

そこで、エルは明るく笑った。

「で、アタシはひとりじゃないって、わけ」

「ど、どうも、こんばんは。ううっ、光、ちょっと強いですね」

びくびくした声が言った。光の中へと――獣の使い手であろう――可憐《かれん》な少女が現れる。

その目は紫水晶を思わせる、神秘的な色。同色の髪はふたつ結びにされ、緩くウェーブを描きながら足下へと流れている。肌は白くきめ細かい。形のいい胸や尻に、白のきわどく繊細な衣装がよく似合っていた。左腕にはなぜか――拘束の意味をなしていない――手錠がはめられている。ちなみに、それは今や自由にとれるのだが、外すと落ち着かないからと、アクセサリー代わりに使用されているものだ。だが、男にはそんな事実など知る由もない。そして獣の使い手の滑らかな肩甲骨からは、悪魔の象徴たる黒い羽が生えていた。

美しく、儚《はかな》いが、過激な格好の少女。

愛らしく、凛々《りり》しい、制服姿の少女。

ふたりを目に映しながら、男は息を呑《の》んだ。まさかと、彼は驚く。通常、それはありえないことのはずだ。なぜ、そんなことが起きているのか、男にはまったくわからなかった。

獣に噛《か》まれる痛みに耐えながら、彼は声をあげる。

「天使と悪魔が組んでいる、だと？」

「うん？　気がついた？　まあ、正確に言うとちょっと違うんだけど……それでいいや。そう、アタシたちは天使と悪魔、他には例を見ない、異色のバディ」

ふたりは背中あわせに立つ。それから、同時に男のほうを向き、堂々と言い放った。

「エルとイヴ！」

かくして、新たな幕が開く。

ふたたび物語ははじまった。

すべては月のかがやく夜に。

元犯罪者の、悪魔のイヴと、
天使警察、エリートのエル。

ふたりの少女は今宵《こよい》もまた、共にある。

＊＊＊

「さてと、イヴ、捕縛の手伝いありがとう。タイミングの計り方がバッチリだった。獣の力加減もちょうどだし、ずいぶん、慣れてきたじゃない？」

「そんな、えへへ……でも、今回も上手《うま》くいきましたね！」

「そう！　あー、ひとりでやるよりも、ずっと楽。逃げられないし、最高……で、アンタが盗んだものだけど。確認させてもらうから」

拒絶を許さない口調で、エルは言った。その隣では、相変わらずの際どい衣装を——亡くなった母親の言いつけだからと——未《いま》だに着続けているイヴが、姿勢よく控えている。

男は応えない。縛られた状態で、彼は石畳の上に転がっている。返事がないことを確認し、エルは肩をすくめた。男の背から奪った革製の登山鞄に、彼女は手をそえる。

だが、蓋を開く前に、エルは顔をあげた。警告をふくませた声で、バディに忠告する。

「イヴは目を背けておきなさい。ナニがでるかわかんないから」

「大丈夫です！」

「そうは言いきれないと思うけど？」

「エルさんにだけ、嫌な思いをさせることのほうがダメですから！」

「ううん、アンタのそういうところ、アタシは嫌いじゃないけど……まあ、いいか。頼むから、気絶だけはしないようにね」

「しません！」

大きく、イヴは控えめな胸を張った。だが、相手は快楽殺人鬼『切り裂きのジョン』だ。今まで見つかった子供の死体は多くが損壊されており、最悪『食った跡』すらも見られた。中からは、切断された手首や頭部がでてきてもおかしくはない。実際、そう危ぶまれるほどに登山鞄は重く膨らんでもいた。覚悟を決めて、エルは金具を開く。

「さて、と」

その中身をひとつずつ、彼女は検《あらた》めた。幸いにも、人体の一部はでてこない。だが、別の意味で、恐ろしい品々が現れた。徐々に、エルは顔を青ざめさせていく。

「な、なに、コレ」

「エルさん、どうかしたんですか？」

「アンタ、吸血鬼の棲家《すみか》に侵入したの？」

低い声で、エルは問いかけた。だが、男はククッと笑うばかりだ。やはり、返事はない。

その間にも、彼女は『切り裂きのジョン』の『戦利品』を割れた路面の上へ置いていった。『始祖』の横顔が刻まれた金のゴブレット。吸血鬼の姿も映るように、魔術的な加工をほどこされた鏡。枯れない青薔薇《あおばら》。一部の食通の間で高値で取引される血入りの貴腐ワイン。どれもこれも、吸血鬼の手元にしかないはずの逸品だ。闇市に流せばとんでもない値段がつくだろう。男の登山鞄に詰められた品々だけでも、五年間は遊んで暮らすことができた。同時に、それらが犯罪者の手元にあるという事実は悪夢のごとき大問題だ。

くらりと眩暈《めまい》を覚えて、エルは額を押さえながらささやいた。

「えーっと、『切り裂きのジョン』は人間。そして、ソレを一部の天使警察がとり逃がし続けたことは……どうせ、ノアが把握してるだろうし、下手したらまた種族間問題か……」

「そう、なっちゃいますね」

「なんてところから盗んでくれてるわけ？」

イヴはうなずいた。エルはため息をつく。

吸血鬼は高等種族であり、下賤《げせん》の揉《も》めごとには興味が薄い。すぐに難癖をつけてくる悪魔のところに入られるよりはずっとマシといえた。まだ、ミスに対しての対話の可能性はあるものと考えられる。だが、充分すぎるほどに憂鬱な事態ではあった。

先日、エルとイヴは種族の関係性を揺るがしかねない事件にも直面していた。この匣庭《はこにわ》に棲《す》む五種族は、実に危ういバランスをもとになりたっている。そのことを、彼女たちは把握していた。そして、今では千年ごとに、滅びの機会が平等に訪れることも知っている。


ここは匣庭。

女王はひとり。

やがて、民は知る。

千年の安息が続いた幸福と、幸運を。

それは、今なお続く御話《おはなし》だ。

女王がいた。彼女は自分だけの匣庭《はこにわ》を生みだし、五つの種族とその代表を作った。

五つの種族は、女王に贈り物をして、世界の統一を希《こいねが》った。

天使の神様は『秩序』を。悪魔の魔王は『混沌《こんとん》』を。吸血鬼の始祖は『孤独』を。人間の聖母は『平穏』を。獣人の狼王《ろうおう》は『安寧』を贈った。

だが、女王はどれも受けとらなかった。

だから、世界はひとつに定まらなかった。

故に、匣庭の中で種族たちは共生をしている。

だが、千年ごとに贈り物の儀は行われる。そこで、女王がひとつを受けとれば他は滅びる——だから、どのように生きようと、結局はすべて、
児戯にすぎない。


コレが、世界の真実だった。

エルは、そのすべてをある人間により突きつけられた。

だが、恐らくコレは『表側』にすぎないと、彼女は考えていた。『裏側』にはきっと、もっと恐ろしいナニカが隠されている。五種族の熱された欲と思惑の関係する、ナニカが。

そう確信したことからも、エルはイヴと共に戦い続ける決意をしていた。

それは、種族の枠組みを超えた、彼女たちにしかできないことだろう。五種族の絡む問題に、異色のバディが立ち向かうのだ。しかし、そのためには、今ある平和も守らなくては話にならなかった。男の行為は平穏を望む者たちからすればはなはだ危険な行為である。

五種族の中で、人間は最下層だというのに――待て。

「そう、だ。なんで、アンタ生きてるの？」

エルは問う。明らかにおかしかった。人間は特殊能力をもたない。一方で、吸血鬼はひとりひとりが絶対的な戦闘力を誇っている。その棲家《すみか》に人間がコソ泥に入り、生きて帰ってきたなど、どう考えても変だ。彼女の問いかけに対して、男は思いっきり吹きだした。

異様な反応といえた。

冷たく、エルは彼を見下ろす。刃《やいば》に似た鋭さで、彼女はたずねた。

「なにを笑っている？」

「種族間、問題、ねぇ。そんなモンを恐れる暇があるのなら、俺が『今日のお楽しみ』をヤる前に、『入ってみた屋敷』に行ってみな」

「……どういうこと？」

「俺は、あそこの吸血鬼が隙を見せるのを、ずっと狙ってたんだ。吸血鬼のところの品々は金になるからな……それで今日、様子がおかしかったから試しに行ってみたらさ、ククククッ。いいもんが……本当にいいもんが見れたよ」

面白くてしかたがないというように、男は笑った。その耳障りな声の根底には、歪《いびつ》さと底知れない悪意が滲《にじ》んでいる。一瞬、エルは彼から詳細をひきだそうかと考えた。だが、そのためには拷問が必要となるだろう。彼女の好むところではない。それにこの調子ならば、行って確かめたほうが早そうだ。男に向けて、エルは冷たく続けた。

「場所は？」

「ああ、教える。教えてやるよ。そして、見な」

愉快でたまらない、ステキなモンが転がってるからさ。

「特に、種族間問題を恐れる、アンタらにとってはねぇ」

歌うように、男はささやく。彼は口笛まで吹きはじめた。童謡の曲が、空気に刻まれる。エルとイヴは顔を見あわせた。そうして、うなずく。なにが待とうとも、調べるべきだ。男が示す場所を、ふたりは地図で確認した。彼を縛ったまま立ちあがらせて、エルは言う。

「行こう、イヴ！」

「はい、エルさん！」

ふたりは男を連れてスラム街を出た。『切り裂きのジョン』を別の天使警察へと引き渡して、エルとイヴは目的地へと向かう。自走馬車に一定時間揺られた後、勢いよく飛び降りた。切り立った崖のすぐそばに、窓のない漆黒の屋敷が建っている。知りあいの吸血姫、ノアの居住地に似ていた。だが、それよりは小さく、隠れるような佇《たたず》まいに見える。

正面の――毒蛇を絡ませた装飾がなされた――洒落《しゃれ》た門は開いていた。

邪魔されることなく邸内に入り、エルとイヴはソレを見た。

目の前に広がる、一面の鮮やかな紅色を。


「……そん、な」

「こんなことって」

エルとイヴの前では最強の種族が、
吸血鬼の貴族が無惨に倒れていた。

＊＊＊

「いったい」

「死んでる」

ひと目で、エルにはその者が殺されたのだとわかった。

床に敷かれた黒狼《くろおおかみ》の毛皮の上には、大量の紅《あか》がぶちまけられている。

シャンデリアの灯《あか》りを映し、一部の血溜《ちだ》まりが生々しく光っていた。その中心ではパニエとコルセットを使用した、重々しいドレス姿の貴婦人が胸を裂かれている。

彼女の肋骨《ろっこつ》は縦に割られ、中からは心臓がとりだされていた。ひきちぎられても吸血鬼のソレは動くはずだ。だが、奪われた臓器は銀の小刀で床に縫い留められていた。刃に接している部分は焦げ、うすく煙をあげている。もはや、ソレは単なる肉塊にすぎなかった。

「なに、が」

「殺されたんだ」

短く、イヴは息を呑《の》む。一方で、エルは現場の詳細な確認に移ることにした。貴婦人の遺体へ駆け寄る。その表情に視線を向けると同時に、エルは意外性を覚えて眉根を寄せた。貴婦人の見開かれた目の中には、確かな恐怖が刻まれていたのだ。

「……吸血鬼が、恐れる？」

その異様さを前に、エルは首をかしげた。

吸血鬼とは、誇り高い戦闘種族だ。それが恐れるとは、相手は何者だろう。いったい、この貴婦人は最期になにを目撃したのだろうか。彼女の前に、常軌を逸した恐ろしいナニカがいたとでもいうのか。そう、エルが疑問に思った瞬間だ。眼前の光景に変化が生じた。

限界を迎えたのだろう。美しい指の先から、吸血鬼の体は崩れはじめたのだ。

肌や肉や骨が熱せられたガラス細工のごとくパキパキと割れていく。それは細かな灰に変わった。これを集めて血を注げば通常、吸血鬼は蘇《よみがえ》る。だが、今回は無理だとわかった。

灰は、骨のごとき白色に染まっている。

知識をもとに、エルは判断をくだした。

白の遺灰と化した吸血鬼が復活することはない。永きを生きる命は失われたのだ。だが、吸血鬼の足先だけは、まだ微《かす》かに黒を帯びた灰へと変わった。それは空中に浮かびあがり、渦を巻く。そうして最後の魔力と生命力を消費して、黒き灰は言葉——遺言をひびかせた。

『ノアさまに、伝えて』

細く、女の声が震える。

必死に、彼女は謳《うた》った。

『彼が、帰った』

そこで灰は完全な白へ変わった。サラサラとそれは床に落ちていく。あとには血の紅《あか》さえ残りはしなかった。ただ白い砂だけが広がっている。その様はひどく美しく、虚無的だ。

死者はもう、もどりはしない。

それを見届けて、エルは顔をあげた。思わず目を細める。

戸惑いながら、イヴもバディに倣った。驚きに、彼女は声をあげる。

「え、エルさん！　あれ、は」

「……あんなことを書くのは」

外観通りに、吸血鬼の屋敷に窓はない。だが、雰囲気をだすためにか壁には閉じたカーテンがかけられていた。その分厚い緋色《ひいろ》の布地の上に純黒のペンキがぶちまけられている。

それを目に映した瞬間、エルは確信に至った。

最初からほぼ判明していた事実ではあるものの、この殺害事件に『切り裂きのジョン』

は一切関係がない。彼は死体を発見し、館からただ盗みを働いただけだ。

吸血鬼を殺したのは、もっと強く、恐ろしくも底知れない存在だった。

その証拠として、カーテンには歪《ゆが》んだ文字が書かれている。


『誰が殺した、怪物を？』


高貴なる吸血鬼。孤高の種族。恐れを知らぬ、高等種族。

それを、怪物と呼ぶのは、

「狩人《かりゆうど》、だけだ」

＊＊＊

狩人について語るには、遠く忌まわしき過去を振り返らなければならない。

それはエルの生まれる前のことだ。昔、昔と、人には語られるころ。

吸血鬼が、まだ天使と同盟関係を結んでいなかった時点の話となる。

多くの人間が殺された。

今でこそ、吸血鬼は信奉者や従者から捧《ささ》げられた血を飲んでいる。あるいは売買された血や、家畜の生き血を選んでいた。だが、過去にはそうではなかったのだ。

振り返ってみれば、信じられないほどに恐ろしい時代があった。

そのころ、吸血鬼の間では悪辣で傲慢な遊びを交えた過剰摂取がまかり通っていたのだ。

彼らは生に飽き、力に溺れ、美食を極めた。ひと口を呑《の》むためだけに、ひとりが殺された。または、腹を満たすためだけに村が滅ぼされた。それは、まるで貴族の狩りのような行いであった。気まぐれで一部を喰《く》らい、頭部を残し、殺した数と質を競う類《たぐい》の遊戯だ。

今と変わることなく『始祖』はいた。だが、一族の遊びに対して、彼女は子の暴挙を赦《ゆる》すかのごとく傍観《ぼうかん》を貫いた。下等吸血鬼を中心とした残虐な遊びを止める者はいなかった。

そうして、無辜《むこ》の死体が積み重ねられた。人間はただ喰われた。

そこに大義はなく、そこに正義はなく、そこに理由はなかった。

虐殺の末に人間は滅びるしかないのかと誰もが危うんだ。だが、理不尽な悪夢を突きつけられたとき——普段の沈黙の殻を破って——弱き人間たちの中には必ずある者が現れる。

かつての、悪魔の暴挙には英雄が。

そして、吸血鬼に対しては狩人《かりゅうど》が。

現れでたのだ。

狩人は高等種族たる吸血鬼を『怪物』と断言した。さらに弱点を見定め、貫いてみせた。数名の強力な狩人が現れ、悪名高き吸血鬼を次々と狩った。

本来ならば、人間という種自体が問題視されるような事態だった。だが、そのときの他三種族は黙認した。人間による吸血鬼殺害は、当時は許されるべき抗戦だったのだ。

吸血鬼もそれを是《ぜ》とした。狩人は一族の手で殺すと、彼らは断言した。

吸血鬼と狩人の血みどろの争いは続き――――。

そして、
そして？

伝説の戦いがあった。

最後の狩人は消えた。

だが、同時になぜか、吸血鬼側も剣を鞘《さや》に納めた。そうして、彼らの食事は今の形へと落ち着いたのだ。以来、他種族を侵すことなく、吸血鬼たちは影の中へと身を潜めている。狩人たちを失い、人間はまた、元の無力な存在にもどった。

そのはずが、

「彼が帰った……ね」

カチャリと、ノアはカップを皿にもどした。その中では、紅《あか》い液体が揺れている。

立派な客間にて――全面に刺繍《ししゆう》がほどこされた、尋常ではなく座り心地のいいソファーの上に――腰かけるのは、白銀の髪に血のような紅い目をした、背の低い子どもだった。

だが、高価な、黒く薄い生地のドレスに飾られた体からは、百年と、千年と時を重ねた者だけがもつ高貴さが発せられている。外見とは矛盾した雰囲気がひどく不吉だ。そして、その背中には――下等吸血鬼の黒とは異なる――白くしなやかな羽が生えていた。

彼女こそ、ノア――エルたちの知る、吸血鬼の姫である。

緩やかに、吸血姫は首をかしげた。詩でも歌うかのように、ノアは言葉を紡ぐ。

「それで、殺された同胞の遺灰はどうしたの？　まさか、白き灰をそのままにしてきたとでも、エルは言うのかしら？」

「そう。アンタたちの弔いの方法は詳しく知らない。うっかり集めてなにかをやらかせば、とりかえしのつかない過失になる。それに色々調べる必要もあった……総合的に考えて、現場はそのままにしてあるけど、悪い？」

向きあった椅子の上で、エルは堂々と答えた。この吸血姫相手に萎縮することは悪手だ。やはり、その態度は嫌いではなかったらしい。ゆったりと、ノアはうなずいた。

「正解。白き遺灰へ、他種族が下手に触れることこそ非礼になる。それに、その子の情報が入ったのは起きてからだけれども、既にシアンを回収に向かわせているから」

「アンタならそう言うと思った」

「エルはやっぱり賢い、好きよ」

さらりと、ノアは甘くささやく。

瞬間、どはっと間抜けな音がした。イヴが飲んでいた紅茶——こちらは血入りではない——を勢いよく吹きだしたのだ。驚いたように、彼女は言う。

「ごほっ、けほっ、ノアさんって人に対して、軽やかに好きって言うんですね？」

「あら、意外だった？　ノアは自分の心に嘘《うそ》はつかないもの。好きは好きだし、嫌いは嫌い。好きならば構ってあげるし、嫌いならばそうね……大抵、生かしてはおかない」

「ひぃぃ」

「アンタねぇ、アタシのバディを怯《おび》えさせないでくれる？　それに、イヴ、零《こぼ》してるから。あーもー、ほら、これで拭いて」

「あっ、ありがとうございます」

「そんなふたりはほほ笑ましくてまとめて好きよ。今のノアの一番はハツネだけれども」

「いきなり、私を巻きこむな！」

声を聞き、エルは客間の奥へと視線を移した。

そこでは、吸血姫のペット——ハツネ——が包帯だらけで飼われている。

金の狼《おおかみ》の毛皮の上で、彼女は眉間に皺《しわ》を寄せていた。明るい桃色の髪に、翠《みどり》色の瞳が美しい。まるで儚《はかな》さと退廃と諦念の象徴のような外見といえた。だが、彼女の目つきは異様に鋭い。そこには——懐かない猫のような——他者に対する底知れない敵意が覗《のぞ》いていた。

革製の首輪から延びる鎖を鳴らして、ハツネは不機嫌に動いた。エルから、彼女は顔を背ける。さらに——気分を害した猫のごとく——白のワンピースに包まれた背中を向けた。

客人への非礼に対して、今日もノアは指を鳴らした。

メイドのエチルがいい笑顔で飛んでいくとハツネをガチョウの羽根でくすぐりはじめる。やめそれ、いっつも、ひゃめ、あははっ、ははっとうるさい笑い声がひびく中、イヴは展開についていけないという表情をした。えええええ、うわあと、彼女は声にださずに訴える。

一方でなにごともなかったかのように、エルは話をもどした。

「それで……どう？」

「どうって、なに？　今度はずいぶんと阿呆《あほう》になるのね？」

「阿呆ってアンタね……ああ、じゃあ、もうはっきり言う！　これを種族間問題として、吸血鬼は扱う気はあるのか、ってこと！」

「あなたたちはどう考えていて？」

ふたたび、おっとりとノアは首をかしげた。

エルとイヴは視線をあわせる。はいっと、イヴが片手をあげた。エルは大きくうなずく。息を吸いこんで、イヴは語りだそうとした。だが、その前に、食べ残しのカップケーキを慌てて片付ける。ラズベリーのジャムを頬《ほお》につけたまま、彼女はきりっと顔を整えた。

「あの、ですね。私も調べましたが、狩人《かりゆうど》とは過去の遺物です。その遺志を継いでいる者がいた……あるいは、なんらかの方法で、当時に戦っていた本人が生きていたとしても、最早《もはや》、現人類とは関係がない。そう、いえると思います。我々五種族とは、どうか切り離してとらえていただきたいと……考えて、います」

緊張しながらもイヴは語りきる。ぐっと、彼女は膝のうえで両手を握りしめた。

なるほどと、ノアはうなずいた。ふたたび紅茶を口に運んで、彼女は言う。

「最後の気弱さがなければ、百点だった」

「い、今のは、採点すると何点ですか？」

「うーん、七十」

「七十ですか！」

パァアッと、イヴは顔をかがやかせた。どうやら、彼女的には合格ラインだったらしい。

バディの呑気《のんき》さに、エルはため息をついた。一方で、ノアはちょいちょいとエチルを呼ぶ。

「なんでしょうか、お嬢さま？」

紅《あか》みがかった灰色の髪のメイドが、急いでやってきた。彼女もまた、美しい娘だ。銀と紅の目はまるで宝石のように輝いている。髪は愛らしい黒のリボンで飾られていた。その口元には、イタズラ好きそうな笑みがたたえられている。

ノアの隣に並ぶと、エチルは軽やかに頭をさげた。

「いかがなさいましたか？」

「ねぇ、エチル。あの悪魔の子、どう思う？」

「いぢめがいがありそうです」

「同感」

「ひぇっ」

ピンッとイヴは羽を立てた。さらに、パタパタと動かす。威嚇をしているつもりらしい。

パタパタッが勢いよくくりかえされた。だが、たまにパタパタ……パタッと弱くなる。

それは嗜虐心《しぎゃくしん》を煽《あお》るだけだろうと、エルは思った。現に、エチルとノアは実にいい表情をしている。片手でイヴをかばいつつ、エルは話を再開させた。

「アタシのバディで遊ばないでくれる？　で、吸血鬼としては人間を問題視するつもりはない、ってことで大丈夫？　あくまでも、敵は狩人《かりゅうど》のみに定めると」

「でも、敵は狩人を真似《まね》ただけの人——かもしれない」

「それはない。断言できる……アンタだって気づいてるでしょ？　吸血鬼の心臓を引きちぎるなんて戯言《たわごと》めいた芸当、天使にだってできやしない」

静かに、ノアはほほ笑んだ。

エルは知っている。この吸血姫には、そんなことなど、とっくの昔に判別がついているはずだ。なにせ、エルにもかんたんにわかることだった。敵はただものではないと。単なる人間でも、他の四種族の何者でもないのだと。惨劇の歴史を紐解《ひもと》いた者であれば、それは誰もが把握している事実だ。

凄惨に、残酷に、愉快に、見せつけるように、
吸血鬼を殺すことができるのは、狩人だけだ。

——彼が、帰った。

——誰が殺した、怪物を？

「で、『誰が』が問題よね。これ以上、犠牲者がでる前に……」

「五名」

「えっ？」

「エルが見つけた殺された子は、ひとりだけ——でも、ノアは弱い子も、貴族も、みんなが無事かを常に把握している……昔、誰にも注意を払わなかったせいで、大変なことになった経験があるから……そうして、確認したの。『これ以上』の段階はもうすぎたと……」

あくまでも、吸血姫の口調は穏やかだった。だからこそ、紡がれる事実の異様さが際立っていく。現在、吸血鬼という種族が迎えている、陰惨で残酷な現状を、ノアは告げた。

「すでに五名の同胞が殺されている」

エルは大きく口を開いた。イヴも似たような顔をする。

五名の吸血鬼が戦いに敗れ、殺されるなど、異常事態だ。彼らは、五種族の中でも個体の戦闘力については最強を誇る。それほどまでに、現れた狩人《かりゅうど》は強力なのだろうか。

さらに、今更、狩人が闇から戻り、吸血鬼狩りをしている動機も不明だった。

確かに、彼らは吸血鬼を仇《かたき》として憎んでいることだろう。今でもその想《おも》いは変わらないものと予測することはできた。だが、かつての狩人の戦いには確かな大義と正義があった。

今それはない。

ならば、なぜ。

「そうね。色々調べなければならない……だから、お願いね」

「はっ？」

ノアの言葉に、エルは不意を突かれた声をあげた。

バディを見つめながら、イヴは恐る恐るたずねる。

「え、エルさんが……いえ、私たちが、ですか？」

「正確にはエルだけなんだけれども、動きたければ一緒に動くといい。仲がよいのはいいことだと思うの。だから、悪魔の子が運命を共にしたいというなら、それもすてきなこと。

ノアは止めたりなんてしないから……」

「ちょっと待って、なにを勝手に」

「『借り』」

「あっ」

胸元を指さされ、エルは思わず言葉を失った。

光景としてはまぬけだが、心臓を貫かれたような心地がした。

そうだった。ノアがなにも言わないので、エルは忘れかけていた。先日の事件のさい、その助力を得る代わりに、彼女は『借り』を作っている。エルだけでは敵《かな》わない相手と戦うために、エルはノアの力を借りたのだ。吸血鬼に縋《すが》った代償は重い。

それを返さない限り、エルの肉体と魂は、ノアの所有物も同然だった。

「そう、『借り』がある限り、エルはノアのもの。意図して拳を握れば、あなたがどこにいたとしても心臓を潰せる。そうあれかしといえば、魔術的防御の意味もなく魂を砕ける。

この『借り』は、ノアが『返された』と認識するまでは続くから。そのつもりで働いて」

吸血鬼との契約は絶対。

その言葉ひとつで、エルの運命は決まる。

死ねと言われれば、彼女は死ななければならない。


「あなたは警察。これは事件。究明は仕事。だから、優しいものだと思うけれども」

そこで、ノアは表情を切り替えた。己の胸に、彼女は手を押し当てる。

紅《あか》い目がエルを映した。歌うように囀《さえず》るように、ノアは厳かに命じる。


「この事件を必ず解決なさい、天使エル」

ノアたちを守り、犯人を捕らえること。


当然、できるでしょう？　と、吸血姫はほほ笑む。同時に、彼女は優雅に指を動かした。

ドクッと、エルは心臓が不整脈を奏でるのを覚えた。肋骨《ろっこつ》の内側から、鋭い痛みが奔《はし》る。

まるで幼い指で臓器を撫《な》でられたかのようだ。嫌な汗をかきながら、エルは胸を押さえた。

「エル、さん！」

「大丈夫……まだ、大丈夫だから」

イヴが隣で慌てた声をあげる。それを落ち着かせながら、エルは理解した。吸血姫は『是《ぜ》』以外の答えを求めていない。下手な言葉を返しでもすればそのまま殺されるだけだ。

ならば、口にすべきことはひとつだけ。

唇の端をひきつらせながらも、エルは口を開いた。


「やって、やろうじゃない」

「それでこそ、エルね。好きよ」


ほほ笑みながら、ノアはささやく。エチルは猫のように笑った。ハツネは鼻を鳴らす。

それはどうもと、エルは足を組んだ。意地で平静を装って、薫り高い紅茶を飲み干す。

心配そうに、イヴは彼女のことを見つめた。やけくそで、エルは片目をつむってみせた。


かくして、バディには絶対の使命が課された。

吸血鬼殺害事件を、解決に導くこと。


たとえ、己の命が尽きようと。

それがノアとの契約であった。

CARNEADES《カルネアデス》

第二幕　つまり、それは宣戦布告

「『まずは明日ノアについて来て』……って言われてもさ……はぁ、憂鬱」

「でも、しかたがないですよ。今日のことで、私も否応《いやおう》なく理解しましたが……エルさんには『借り』があるんですから」

大きな枕を抱える腕に、エルは力をこめた。それに対して、イヴは首を横に振る。

館から戻り、ふたりは天使警察の宿舎にいた。

広いベッドのうえで、天使と悪魔は可憐《かれん》なネグリジェ姿で向かいあって座っている。

深く、エルはため息をついた。言われなくとも、しかたがないとわかってはいる。

なにせ、『借り』はただの『借り』ではない。奇跡の果てに成立したような代物だ。その契約を結ぶまでにも条件があった。エルは吸血姫との遊戯に打ち勝ち、助力を得たのだ。

己は上位者が手駒にする価値のある強者だ。そう、エルはあの一戦で証明してみせた。

あそこで敗れていれば、彼女もイヴも生きてここにはいない。

そう、頭で理解してはいるのだが。

「正直に言っていい？　凄《すご》く、嫌な予感がする」

「わかります……それについては同じですから」

しみじみとエルは嘆いた。深々とイヴはうなずく。

うす紅色とうす紫色の目に互いを映し、ふたりは長々とため息をついた。前途多難だ。なにせ、ノアは派手に同胞を殺されている。変わらずほほ笑んではいるものの、彼女は怒りの渦中にあるだろう。その中での誘いなど、ロクなものであるはずがなかった。

「……まっ、今回はシャレーナ署長の許可が下りたから、無理やり抜けださないでいいのが救いだけど……羽切断の刑とかたまったもんじゃないし」

「でも、エルさんはたくさん案件を抱えているのに、よく許しを得られましたね？」

「有給休暇をまるまる残しておいたかいがあった。制度上は、アタシを止める理由がない……それに署長も、優秀なエル・フラクティアにいきなり死なれたら困るだろうから」

そう、エルは謙遜することなく、堂々と言ってのけた。なにせ、彼女は天使警察エリートだ。高慢で怠惰な面々の中では、最も秀でた成績を誇っているとの自負もある。

そんなエルの有給申請――と、吸血姫と行動を共にするとの事前報告――に対し、シャレーナ署長は当然難色を示した。だが、エルから『借り』の話を聞くと、天を仰ぎながらも許可した。なにせ、却下をしたところで、エルは任務に戻ることなく、そのまま死んでしまうだけなのだ。優秀な手駒を、署長は吸血姫の手でただへし折られることとなる。

流石《さすが》に、それは避けたかったものと思われた。ふむと、エルは考える。

（つまり、署長にとって、アタシにはまだ駒としての貴重さはあるわけだ）

自身の価値を見誤っては、痛い目を見る。そう、エルは今後のためにも冷静に測った。

なにせ、エルが暴こうとしている世界の真実には、誰がどう関わっているのかがわからないのだ。天使が敵となる可能性すらある。署長にとっての己の地位は見極めておかねばならなかった。考えることは多い。エルは暗く冷たい、思案の海に沈みかける。その時だ。

「あの……ごめんなさい、エルさん」

「ん？　なにが？」

「『借り』って、私のために負ったもの、ですよね」

「……隠してもバレるか。うん、そうだけど？」

あっけらかんと、エルは応えた。

一方で、イヴは激烈な反応を返した。ブワワワッと、うす紫色の目に涙が溜《た》まる。

今後の展開を予期して、エルはベッドの下の小物入れから鼻紙をとりだした。さあこいっと、身構える。次の瞬間、イヴはきれいな顔をぐちゃぐちゃに歪《ゆが》めた。ひな鳥のごとく、彼女はぴぃぴぃと泣きだす。エルのこっそりと名付けた、『イヴ泣き』が開始された。

「ごめんなさいいいいいいいいいい」

「はいはい、泣かない、泣かない」

「私のせいでエルさんがああああああ」

「死なないから。乗り越えるだけだから」

「その『借り』を、私が肩代わりするわけにはいかないんですか？」

「アンタ、急に冷静になるのやめて」

「ズビッ」

「洟《はな》かみなさい」

はいっと、エルはイヴにやわらかな紙を手渡した。勢いよく、イヴは洟をかむ。ベッドから降りて、彼女は屑籠《くずかご》にていねいにソレを捨てた。その間に、エルはむむむと考える。

あー、もうっ、と彼女は枕を蹴っ飛ばした。もどってきたイヴに、端的な結論を告げる。

「無理」

「うぇ」

「多分、イヴが肩代わりするなら、遊戯の段階からやり直しになる。そして、アンタがアレに勝てるとは思わない。動体視力も、勘も、場数も足りやしないから」

「うっ……ううっ、うううっ……私が、私が無力なせいで……」

「泣かない！　はぁ、もうっ」

まっすぐに、エルは腕を伸ばした。うす紫色の頭に手を置き、わしわしと撫《な》でてやる。

わっわっわっと、イヴは慌てた。彼女に向けて、エルは告げる。

「いい？　アンタを助けたかったのはアタシのワガママ。それにノアの助力が必要だったのはアタシの力が足りなかったせい。アンタが無事に帰ってきたんだから、アタシにはそれで悔いはない。なにか、問題ある？」

「………エルさん」

「あとは、せいぜいやれることをやるだけだ」

エルは断言した。後ろを振り向いてもしかたがない。

過去は変えられやしなかった。それにたとえやり直せたところで、エルは同じ選択をするだろう。何度でも、何十回でも、何百回でも、彼女は危うい遊戯に勝ってみせる。

そして、自分自身を代償としてノアの力を借りるのだ。

捕らえられたイヴを救うために。

己のバディを、とり戻すために。

「アンタにはその価値がある、と、アタシは思ってる。だから、謝らないこと」

エルは言いきった。イヴはぽかんとする。数秒後、彼女は勢いよく目元をこすった。涙を払って、イヴは頭を左右に振る。それから宝石のような目をかがやかせて、声をあげた。

「……わかり、ました。もう泣きません！」

「おー、えらい」

「泣かないで、エルさんの力になります。運命を共にします。絶対に逃げません。ふたりで『借り』を返して……ううん、それだけじゃない。今回の闇も暴きましょう！　そして、私たちの求める真実に、近づいてみせるんです！」

そう、イヴはエルの手を掴《つか》んだ。思わず怯《ひる》むほどの熱さで、彼女は語る。紫水晶の目の中には、本気の決意が燃えていた。恥ずかしげもなく、イヴは迷いなく胸を張って告げる。

「エルさんのためにも！」

ああと、エルは思った。

だから、自分はこの悪魔が好きなのだ。

弱虫で臆病なのに、誰よりも応えてくれる。

そんな優しくて強い、世界でただひとりが。

「ハハッ、アタシ、やっぱり、アンタが好きだ」

「っ、うーっ！　わ、私だって、大好きです！」

「はいはい、嬉《うれ》しい。じゃ、もう、寝ようか？」

「本当ですよっ！」

「知ってるってば」

明るく応えながら、エルは壁のスイッチをいじった。百合《ゆり》形の魔法の照明を落とす。

そうして、羽根布団の中に、イヴを追いこんだ。するりと、隣へと潜りこむ。今はネグリジェ姿なので、以前のように、素肌に触れることは心配しないでも大丈夫なのが楽だ。

布団のふわふわの感触に包まれて、エルは細く息を吐いた。

しばらく、イヴはモゾモゾしていた。本当ですよと、彼女はもごもごとくりかえす。だが、暖かさに眠くなったのか、大人しくなった。まるで、毛布にくるまれた子犬のようだ。

やれやれとエルは思う。続けて、相変わらず、ふたりで並んでいる事実について思いを馳《は》せた。実はバディを認められたとはいえ、イヴ用の予算は下りてはいなかった。悪魔の食料は囚人用のものを回してもらったり、美味《おい》しい品を買いに行ったりしている。だが、彼女用の部屋はないし、新しいベッドの搬入許可すら下りない。

だから、ふたりは今でも一緒に寝ていた。

前よりも寝場所は狭く、伸び伸びとはできない、が——、

（温かい）

ひとりより、ふたりのほうが。

やがて、イヴの寝息がひびきはじめた。幼子のように、彼女は眠るのが早い。

くすりと、エルは笑った。バディの穏やかな寝顔に向けて、彼女はささやく。

「おやすみ、イヴ」

悪夢は見ない。

ずっとそうだ。

——もどりなさい、あなたには権利がある。

——もう、泣いても、笑っても終わらない。

かつて何度も、エルは女王の現れる、不思議で不吉な夢を見た。だが、連続殺人事件のあと——終幕の戦いの渦中で聞いた言葉を最後に——その夢が訪れることはなかった。それはいいことのはずだ。実害こそないとはいえ、アレはまちがいなく悪夢だった。

しかし、なぜだろう。

女王の、夢を見ない。

その事実を、エルはとても不吉なことのように感じていた。

まるで己の知らないところで。

ナニカが定まったかのように。

＊＊＊

「存分にお楽しみくださいませ、お嬢さま」

「いってらっしゃいませ、ご主人さま」

エチルと――こちらは青みがかった灰色の髪に、銀と蒼《あお》の目をした――シアンが言った。

エチル・フロールと、シアン・フェドリン。

館の前で、ふたりのメイドは並んでお辞儀をする。エチルは軽やかにシアンは重々しく。

そして両方ともが美しく麗しい。あいかわらず、よく似ているが正反対の少女たちだった。

くるりと、ノアはレースの日傘を回した。細い柄を肩にかけて、彼女は優雅にうなずく。

「ええ、行ってくる。ハツネをお願い」

「お任せくださいませ」

「うけたまわりました」

ふたりの声が重なる。エチルは甘く、シアンは硬く。スカートの裾をつまみ、彼女たちは完璧な仕草で頭をさげた。従者たちの可憐《かれん》さにほほ笑んで、ノアは視線を上へとずらす。それに釣られて、エルも館の中央に設けられた薔薇《ばら》窓を仰いだ。そして、目を見開く。

紅《あか》い、花弁のようなガラスの向こうには、ハツネが立っていた。

じっとりとした視線を、彼女はノアに注いでいる。その中に、親しみの感情はない。だが、それを気にすることなく、ノアは——愛猫にするかのように——ひらひらと手を振った。ふいと顔を背けて、ハツネは身をひるがえす。館の奥へと、明るい桃色の髪は消えた。

その様を見届けて、ノアは細く息を吐いた。

「あいかわらず、愛想に欠ける子。ハツネは、ずっとそう。変わらない。そういうところも、ノアは嫌いではないけれども。ううん、むしろ、好きなのだけれども」

「ねぇ……ノア」

「なにかしら？」

「そういえば、ハツネって何者で、なんでアンタのところにいるの？」

エルはたずねた。それは長年の疑問だ。

いつ見ても、ハツネの見た目は変わらない。だが、金と魔力さえ惜しまなければ人間という種族の寿命や外見を長く留《とど》めおく方法はあった。恐らく、ノアはハツネに対して莫大《ばくだい》な金額をかけているものと、エルは予測をしている。だが、なぜ、そこまでしているのか。

　エチルとシアンがどういう存在なのかは、なんとなくわかっていた。彼女たちについても——話に聞いてはいるものの——詳細は不明なままだ。だが、明らかに、ふたりはノアに仕えている。エチル・フロールは親愛をもって、シアン・フェドリンは信愛をもって、幼い吸血姫に接していた。その戦闘力と忠心は傍《そば》に置くに値するだろう。

　一方で、ハツネに関してはそのすべてが謎に包まれていた。

　彼女は吸血姫のペットだ。首輪と鎖で繋《つな》がれ、齧《かじ》られ、血を吸われている。それでも、無理やり監禁されているようには見えなかった。なんだかんだでハツネは甘やかされているようだ。常日頃、彼女はペットでありながら、怠惰な姫のごとく生意気にすごしている。

　天使警察として、エルは以前からハツネを観察し——ペットなのはその自由意志に基づいており、保護の必要はないとの判断をくだしていた。

　だが、彼女のノアへの感情はよくわからない。ハツネという人間が、どこの誰であるのかも。吸血姫が、彼女に対して何を望み、どう考えているのかも。

「ハツネは、ハツネよ」

　それだけをささやき、ノアは銀と黒の自走馬車へ乗りこんだ。御者の姿はない。自走馬車とは魔力を動力源とした、馬を必要としない乗り物だからだ。ノア用の車体の豪華な外観は、吸血鬼の代表たる『始祖』の所有物にも劣らなかった。金の狼《おおかみ》の毛皮が張られた上質な座席へと、ノアは背中をあずける。そうしてやわらかく、彼女はエルとイヴを呼んだ。

「乗って。ノアと行きましょう。さっき、理由は言ったでしょう？　おまえを殺すと、危険な予告状を届けられたという子がいるの。放っておくことはできない。そうでしょう？」

短く、エルはうなずいた。屋敷に集合させられた時点で今日の予定は聞かされている。

昨日、ある吸血鬼が殺害予告を受けたとのことだ。彼はノアに助けを求めている。狩人《かりゅうど》に繋《つな》がる手がかりを得られるかもしれない。天使警察としても、その棲家《すみか》へは向かうべきだと考えられた。だから、エルは嫌な予感を無理やり呑《の》みこんだ。硬い声で、彼女は言う。

「……行こう、イヴ」

「はい、エルさん」

「そんなに硬くならないで」

地獄に行くときも、みんな一緒だから。

そう、吸血姫は楽しそうに笑った。

まるで劇でも観《み》に行くかのごとく。

その言葉の不吉さに、エルは口元をひきつらせた。

それでも、彼女は地面を強く蹴ると馬車に乗った。

＊＊＊

自走馬車は人間の街を越え、道なき道を進んだ。

やがて、波の音が耳に届きはじめた。泡だつ海辺が近づく。高価な自走馬車は――さすがの安定性を誇りながら――砂浜を走り、波に車輪を洗われつつ旋回した。ソレは近くの丘へと登る。青色の海を見下ろせる位置には、鱗《うろこ》屋根の特徴的な縦長の屋敷が建っていた。

やはり、窓はない。そのことから、吸血鬼の住まいだとわかる。

黒の門前に、ノアは馬車を停《と》めた。

見れば、建物からはひとりの吸血鬼が現れたところだった。

目を細めて、エルはその姿を確認する。

夜会服を着た、鼻の高い、銀髪の美青年だ。薄い背中には黒の翼が広がっている。

殺害予告を受けた吸血鬼とは、彼なのだろう。そう、エルは推測した。

骨の太い日傘を手に、青年は馬車へ近づく。自分の可憐《かれん》な日傘を差しながら、ノアは地へ降りようとした。だが、それは強い海風に攫《さら》われる。透明で鋭い光に、彼女は晒《さら》された。

ノアの白肌が日差しに焼かれそうになる。途端、青年は己の日傘を迷いなくさしだした。

麗しの吸血姫の代わりにジリジリと焼かれながら、彼は名のる。

「我が名はソール。ソール・グレッドと申します。我らが愛《いと》しの姫君。お見知りおきを」

「知っている。ノアはみんなを把握しているから」

「それは僥倖《ぎょうこう》な……私のような末端の貴族すらもご存知《ぞんじ》とは……このうえなく嬉《うれ》しく思います。さっ、私にはかまわず、どうぞ館へ」

「ええ、そうさせてもらう」

軽やかに、ノアは日傘を受けとった。吸血鬼——ソール——の肌に無惨な火ぶくれができるのも無視して、彼女は歩いていく。堂々とした背中は微《かす》かにでも振り返ることはない。

その冷酷な様を眺め、ソールはうっとりとつぶやいた。

「完璧なお方だ」

「このやりとりが怖い」

「わかります」

エルとイヴはうなずきあった。呆《あき》れながらも、ふたりはノアの後を追う。

天使と悪魔の同行者に対し、ソールは不機嫌に眉を撥《は》ねあげた。だが、吸血姫に意見をすることはできないのか、無言を貫く。彼は扉の横まで進むと、どうぞと深く頭をさげた。

ノアに続いて、エルたちも漆黒の扉から邸内に入った。

そして、思わず感嘆の声をあげた。

「なるほど。吸血鬼にも変わり者はいるのか」

「わああ、エルさん、凄《すご》いですよ！」

「うん、本当にね」

「きれいです！」

ぐるりとイヴはその場で無邪気に回った。エルは腕を組む。ノアは緩やかに瞬《まばた》きをした。

まんざらでもないのか、ソールは得意そうな顔をする。

館は吹き抜けになっており、壁に沿う形で螺旋《らせん》階段が設けられていた。生活スペースは一階にしかないようだ。代わりに壁面には色とりどりの蝶《ちょう》の標本が天井まで飾られている。

黒、蒼《あお》、翠《みどり》、紅《あか》、白――繊細で壮大なコレクションを眺め、ノアはたずねた。

「これだけを集めるのは大変だったのではなくて？」

「それはもう。我らは孤高を好む一族……ゆえに、人間に交ざって捕るのではなく、買いましたが、なかなかの額を使いましたとも。吸血鬼に特有の財を、大分売りにだしました」

「ノアが全部を頂戴と言ったらくれる？」

「ちょっ！」

あまりといえばあまりなひと言に、エルは声をあげた。いかに姫といえども、それは横暴ではないかと思う。なぜか、イヴも羽をパタパタさせた。抗議の意を示しているらしい。

だが、ふたりの動揺には構うことなく、ソールは己の胸元へと手を添えた。

恭しく、彼は礼をする。

「姫君、他でもないあなたさまが望むのであれば」

「……そう。嘘《うそ》はないようね」

「もちろんですとも」

真摯に、ソールはうなずく。瞬間、ノアの顔からは表情が消えた。

彼の返事を聞き、彼女は蝶《ちょう》たちへの興味をたちまち失ったらしい。

「なら、いいの」

その言動に、エルは違和感を覚えた。そもそも、ノアが蝶など欲しがるものだろうか？

だが、彼女が問いかける前に、ノアは動いた。客用であろう長椅子に座り、吸血姫はふたりを手招く。ノアに倣って、エルとイヴも腰をおろした。

「少々、お待ちください」

ソールは茶の準備をはじめた。魔術の刻まれたポットで、彼は湯を沸かす。それに変わった茶葉をいれた。五角形の橙色《だいだいいろ》がゆっくりと沈む。それが開くのを待って、ソールはカップへ茶を移した。ノアのぶんには小瓶から——変色していない新鮮な——血液を落とす。

ふわりと、湯気が立った。

瞬間、イヴは顔を撥《は》ねあげた。うす紫の目を見開き、彼女は表情を凍らせる。

「この、匂い」

「どうしたの、イヴ？」

「お待たせいたしました。どうぞ、召しあがれ」

ソールがお茶と焼き菓子をテーブルに置いた。

湯気が顔に当たった途端、エルは眩暈《めまい》を覚えた。なんと温かく、快い匂いか。新鮮な乳か、腐敗した花のようだ。心が軽やかに弾みだす。目の前の茶が溶かされた飴《あめ》のようにも、煮えたぎった熱い泥のようにも思えた。ぐるぐる、くるくる、水面は甘く回りだす。これは、ナンダ？　ナンナノダロウ？　ああ、だが、ソレが、本当はなんなのかなどどうでもいい。ささいな問題だ。確かなのは、コレを飲まなければいけないということだけだった。それこそ肺が溺れ、胃が破れるほどに味わわなくてはならない。

ふらふらと、エルは手を伸ばし――、

「ダメ！　です！」

勢いよく、イヴの羽がテーブルのうえを払った。

カップとポットは遠くに飛んでいく。多くが零《こぼ》れた。だが、湯気とともに匂いは拡散する。ようやくエルはハッとした。今のはなんだ？　彼女の混乱に対し、イヴが鋭く答える。

「以前、スラム街で、怖い人たちがこっそり作っていたものと、同じ匂いがしました！」

「一斉検挙でとりあげた、あの違法薬物！　そうだ……えっと資料で見た詳細では……」

「コレは五種族すべてを酩酊《めいてい》させる。そうよね？」

ノアがたずねる。手にしていたため無事だったカップを、彼女はかたむけた。ターッと紅色が線を引く。そのまま、ノアは指を離した。高価な陶器は落下し、カチャンと割れる。

一歩、ソールは後ろへと下がった。その額には玉の汗が浮かんでいる。

見る者の心臓が止まりかねないほどに美しい笑みを、ノアは浮かべた。

「エルはうすうす気づいていたみたいだけど……さっきのノアの求めはね、なにも本当に欲しかったわけではないの。ただ、あなたの忠誠心を試しただけ。ノアに答えるその心に嘘偽《うそ》りはなかった……それなのになぜ？」

あなた、ノアを殺す気で仕掛けた。そうよね？

「そもそも、他の子たちは問答無用で殺されたのに、あなたにだけ予告が入るのは不自然……けれども、あなたが自分で計画したこととは思えない。ならば、裏で操った者がいる。そうなのでしょう？　このノアが聞いてあげるから、歓喜して答えなさい」

寛大でありながら、尊大に、吸血姫は口を開く。威厳と威圧をもって、彼女はたずねた。

「『狩人《かりゆうど》』と、なにを約束したの？」

それ自体が、処刑台の刃《やいば》のような鋭さを持つ問いだった。

ソールは薄く火傷《やけど》の残る額を押さえた。整った顔面を崩し、彼は大きく口元を曲げる。

狩人に狙われている――哀れな吸血鬼。

そのはずが、彼は歪《いびつ》な笑みを浮かべた。

＊＊＊

「ふふっ……ふふふふっ、さすが、姫君。その慧眼《けいがん》、その推測、見事と申しあげましょう。しかし、お伝えしておきたい。このソールはなにも私利私欲で、あなたさまを手にかけようとしたわけではないのです」

「そう……ならば、なんのため？」

「他でもない、あなたさまのために」

忠誠心を示すかのごとく、ソールは胸に手を当て深々と頭をさげた。

だが、エルは目を細めた。意味がわからない。殺すことが、その者のためになるとはいったいどういう理屈か。同時に、エルには確信があった。こういう輩《やから》が囀《さえず》る内容は一律だ。聞いたところでどうせろくでもないことだろう。

それでも、ソールは酔ったように言葉を続けた。

「なぜならば、協力するように私を手紙で脅し、姿を見せたのは、他でもない『あの狩人』だったからです！　今のあなたさまでは、彼と対峙《たいじ》すれば殺されてしまうでしょう……他の種族にその尊き命を絶たれるくらいならば、この手で！　そう、私は思ったのです」

「……『あの狩人』？」

エルはつぶやく。ほほ笑んだまま、ノアはなにも言わない。己の胸元に手を押し当てて、ソールはポーズをとり続ける。重い沈黙が流れかけたときだ。あっと、イヴが声をあげた。

「もしかして、『最後の狩人』のことですか？」

「なに？　アンタ、アタシよりも詳しいじゃない？」

「昨日、帰宅したあとに吸血鬼関連の本を読んだんです！　かっこいい話でしたから、記憶に残っています！　最強にして最高の狩人《かりゅうど》が、伝説の戦いを終えて姿をくらませたと——彼を『最後の狩人』と呼ぶのだと——まさか、生きて」

「死んだ」

「えっ？」

すらりと、ノアは立ちあがった。不自然なほどに、彼女は澄んだ目を見せる。

どこかさみしげに、彼女は首を横に振った。そして、ノアは神託のごとく告げる。

「彼は死んだの、ソール。甦《よみがえ》りはしない」

「しかし、墓は暴かれ、『彼は帰った』」

重々しく、ソールは言いきった。その口調に嘘《うそ》はない。エルは悟った。

ソールは道化のようで、そうは決めつけられない存在だと。詩人のごとく、彼は歌う。

「これから、我々にとっての死が訪れるのです、姫君。最早《もはや》、我らに咎《とが》はない。過去は完全には償えないのかもしれませんが、それでもすべては幕をおろしたはず……だと言うのに、死んだ悪夢が歩き、もう一度、灰色の時代が来るのです。たとえ、あなたさまであろうとも、かの暴虐に敵《かな》いはしない」

「おまえの考えも忠心もよくわかった」

そう言い、ノアは動きはじめた。彼女はカップや皿が払われたテーブルの上に乗る。

そのまま陶器の欠片《かけら》や紅茶の雫《しずく》が散った場所を、ノアは歩いた。王宮の通路でも踏むかのごとく進み、彼女は片足をあげる。その露《あら》わになった太腿《ふともも》は白く美しく、輝いて見えた。

吸血姫の前に、ソールは自然とひざまずく。

容赦なく、ノアはその顔面を踏みつけた。

エルとイヴは息を呑《の》んだ。同胞に足をかけながら、ノアは女王の圧をもって告げる。

「だが、不敬――ノアの勝利もノアの敗北も、決めるのはノアだけなの。おまえじゃない」

「あっ……ああっ」

「控えよ、ソール。それとも死を望むか？」

「お願い、します……私は『あの狩人』との約束を守れなかった。どうせ、役立たずは殺されます。狩人の手で殺されるくらいならば、私はあなたさまの命令で死にたい」

「そう」

そっと、ノアは美しい足を離した。ふたたび、彼女は歩くと、長椅子へもどる。気まぐれな猫のごとく、ノアは腰をおろした。しどけなく肘置きへ身をあずけて、彼女は告げる。

「それじゃあ、エルにイヴ、お願い」

うん？　とエルは首をかしげた。イヴもまばたきをくりかえす。

一度、顔を見あわせたあと、ふたりはぴょんっと跳びあがった。

「今の流れで？」

「あんまりじゃないですか？」

「誰がやろうと、ノアの命令なのは同じだもの。それに、今回の敵は狩人。吸血鬼殺しに特化した者。ならば、その癖を見抜くためにも、吸血鬼との戦いかたも覚えておいたほうがいいでしょう?」

涼やかに、ノアは告げる。エルとイヴは眉根を寄せた。そんな理屈があるかと思う。

エルは唇を開いた。理不尽に対して、せめて文句のひとつでも言おうとする。だが、その前に、ノアがぱちんと指を鳴らした。瞬間、エルはおぞましい感覚に襲われた。

「────ッ!」

「エルさん!」

イヴが支えてくれる。だが、全身を這《は》いまわる悪寒はなくならない。先ほど、まちがいなく魂に一瞬罅《ひび》が入れられた。そのままノアが望めば、ガラスが砕けるかのように、それは壊れたことだろう。ふたたび、エルは嫌な汗を流す。その前で、ノアは甘くささやいた。

「『借り』」

「……上等じゃない」

拳で口元を押さえ、エルは唾液を飲みこむ。その中には、濃い鉄錆《てつさび》の味が混ざっていた。

エルの背中を、イヴは必死に撫《な》でさすった。涙の混ざった声で、彼女は問いかけてくる。

「エルさん、エルさん、大丈夫ですか? 痛いですか?」

「ありがとう。もう平気……それよりも、今は集中して」

エルはイヴに告げた。制帽を被《かぶ》り直して、彼女は前を睨《にら》む。そして、宣言した。

「ここから先は、戦闘だから」

一方で、ソールのほうもやる気のようだ。深々と、彼はエルたちに向けてお辞儀をした。

続けて、バサリと黒い羽を広げる。鋭い牙をのぞかせて、ソールは大きく息を吐いた。

近づけば、鉄の匂いが濃く香るだろう。そう、エルは思った。

紅《あか》の目を細めて、ノアは続ける。

「言っておくけれども——吸血鬼の貴族級は弱くないから」

エルとイヴは立ちあがる。

ソールは強く床を蹴った。

かくして、不本意な戦闘は開始される。

＊＊＊

瞬時に、エルは判断をくだした。今回の敵に対して、彼女はどう動くべきかを定める。

（相手は吸血鬼だ）

ならば、最善手は限られる。だが、それを実行に移すには時間が必要だ。

「よっと」

そのためにも、エルはまず靴先をテーブルの端にひっかけた。全身を使って、掬《すく》うようにソレを蹴りあげる。助走なしの最大速度で、彼女はテーブルをソールのほうへ飛ばした。

回転しながら、ソレは彼へ向かう。

「小癪《こしゃく》な！」

即座に、ソールは羽を動かした。彼はテーブルを横に裂く。重厚な骨董品《こっとうひん》は実に滑らかな断面を晒《さら》した。それは上下に分かれて飛んでいこうとする。同時に、イヴが声をあげた。

「えいっ！」

瞬間、割られた隙間から——彼女のこっそりと呼んだ——召喚獣が飛びだした。

エルのテーブルを投げた目的は、激突させることではない。

呼んだ獣の姿を隠すことにこそ、あったのだ。

痩身の黒犬、『ウーヌス』が、ソールに迫る。だが、ソールはその胴もたやすく裂いた。

『ウーヌス』の牙は届くことなく、霧へと変わる。

しかし、それもまた今後の流れに織りこみ済みだ。

エルとイヴは、何度も共に戦闘をこなしている。ふたりの連携は伊達《だて》ではない。

すでにバディの考えを汲《く》んで、イヴは新たな召喚を終えていた。

「『ドゥオ』、『トリア』、『クァットゥオル』！」

長毛の狼《おおかみ》——ドゥオ、巨躯《きょく》の犬——トリア、小型の犬——クァットゥオルが駆ける。

三頭がソールをとり囲んだ。吸血鬼は、羽のひと薙《な》ぎでソレを払おうとした。だが、弧を描くように移動して、三頭は避《よ》けに徹した。まるで疾風のような速さで、獣たちは奔《はし》る。

狙いを外して、ソールの飛膜は空を切った。

瞬間、イヴは追加を放った。

「『クィーンクェ』、『セクス』、『セプテム』！」

計六頭が現れる。これ以上は、出しても互いが邪魔で機動力が落ちる——ギリギリの線だった。次々と六頭は壁を蹴った。立体的な攻撃で、彼らはソールを襲う。

三頭は上から、残り三頭は下から迫った。

だが、この程度で殺される者なれば、吸血鬼の貴族を名乗れはしない。

「邪魔だぁっ！」

吼《ほ》え声《ごえ》をあげ、ソールは己の手首を裂いた。血が噴きだす。ソレはガラスの鋭さを持つ、細かな散弾へと変わった。次々と獣たちは穿《うが》たれる。あますところなく、六頭は倒された。

そうして、頭上の獣たちが霧に変わったあとには——。

「なっ」

「獣より先に、将をなりふりかまわず殺したりしない、高等種族の油断——見せてくれると思った」

そこには白い翼を広げたエルが浮いていた。獣の陰に隠れて、彼女は準備を終えたのだ。

エルは迫撃砲をかまえ、天井へ向けている。

翼を折って衝撃に備えると、彼女は叫んだ。

「『汝《なんじ》の罪に、祝福あれ！』」

十字の光が奔《はし》った。鱗《うろこ》屋根の一部を、エルは破壊する。

バラバラと瓦礫《がれき》が降った。蝶《ちょう》の標本が壁から剥《は》がれる。貴重な品々は落ちていった。

同時に、陽《ひ》の光が吹き抜けの建物内にさしこんだ。

吸血鬼の肌が焼かれる。戦闘中には、手痛い負傷だ。だが、それを与えることだけが、エルの目的ではなかった。瞬間、彼女は翼を消し、堕《お》ちた。落下地点は決めてある。そう、陽の光からノアをかばおうと、ソールが健気にも駆け寄った地点、だ。

「喰《く》らえ！」

「ぐあっ！」

重力を加算した蹴りを、エルは彼の首筋に叩《たた》きこんだ。ぼきりと、鈍い音がひびく。首の骨が折れたのだ。どさりと、ソールは倒れ伏す。痙攣《けいれん》をしながら、彼は動かなくなった。

ふうっとエルは息を吐く。躍るように、彼女はソールから降りた。お辞儀をひとつする。

これで、戦闘は終わりだ。

ほほ笑んで、ノアは拍手をした。僅かに、彼女は座る位置を横へとずらす。垂れ下がった壁紙によって生まれた日陰の下――観客として――ノアは演者を惜しみなく讃《たた》えた。

「お見事」

「どーも」

ソールの性質を、エルは的確に読んでみせた。だが、こうもうまくいったのは、バディとの連携があってこそだ。駆け寄ってきたイヴに、エルはてのひらを向けた。

「イヴ、流石《さすが》」

「エルさんも」

にこっと、イヴはほほ笑んだ。パンッと、ふたりは右手と左手をぶつける。

イヴに、エルはうなずいた。そして、彼女はソールに向き直った。

「で、この程度じゃ、吸血鬼は死にはしないんでしょ？　折れた骨もすぐに治るだろうし、いったいどうするの？」

「そうね、うーん、あまり持ち帰りたくはないし、どうしましょう？」

「アンタね、そこは考えておいてくれなきゃ困るんだけ……ど？」

瞬間、エルは目の端に光を見た。

同時に、彼女は猛烈な速度で思考を組みたてた。

敵はソールにノアを殺すように命じていた。経過は観察していることだろう。なにより も、ノアの性格を考えればこのような戦闘になることも予測ができたはずだ。ならば、吸血鬼戦の常套手段《じょうとうしゅだん》として天井が破壊されるのを待ち——いったい、どうするか。

答えは明白だ。

「ノア！」

「ノアさん！」

同時に、エルとイヴは動こうとした。だが、まにあわない。

壁紙を貫き、ノアに銀の槍《やり》が降る。

血が噴きあがった。エルの目の前で、それは深々と肉に突き刺さる。

ノアをかばった、ソールの背中に。

＊＊＊

「……ノアはこうなることを知っていた。向けられる武器を確認したかったの。それに、羽で払うことだってかんたんにできた」

「それ、でも、ですよ……姫君、その肌に微《かす》かにでも傷がつけば、大変です」

ソールはノアの無事を喜ぶ。しかも、彼は背中で、吸血姫にかかる日差しをもさえぎってみせた。大した忠心だ。だが、その胸は槍に貫通されている。心臓は完全に銀で穿《うが》たれ、焼かれていた。エルは悟った。助かる傷ではない。だが、絶命までにはまだ時間があった。

弱々しく、ソールは笑う。

そのほほ笑みは情けない、しかし、確かな信念のこめられたものだった。

「……お怪我《けが》がなくて、よかっ、た」

「そう、愚かね」

そっと、ノアはソールに触れる。子供にするように、彼女は優しくその銀髪の頭を撫《な》でてやった。血で汚れた同胞の頬《ほお》に、ノアは軽やかに唇を落とす。そうして、母のような眼《まな》差《ざ》しで、慈悲深くささやいた。

「愚かな子は嫌いではないの」

「はっ……ははっ……悦《よろこ》んで、死ねます」

がふっとソールは血を吐いた。その指先が白い砂に変わりはじめる。色ガラスのように、彼の全身は一気にひび割れた。耐え難い痛みの中にあるはずなのに、ソールは言葉を紡ぐ。

「供のおふたりが、戦えて、僥倖《ぎょうこう》でした……これなら、もしやも、あるかと……ああ、姫君、どうか、あの狩人《かりゅうど》に殺されず……生き残って……たとえ、我らが死に絶えよう、とも」

あなたさまにはその権利がある。

我らの罪を背負った、姫君には。

「……罪？」

不可解な言葉に、エルはつぶやく。

ノアはなにも言わなかった。応えることなく、彼女は同胞の死を見届ける。

「……さよ、う、なら……我らが、姫、ぎ……幸い、を」

次の瞬間、ソールはざぁっと崩れた。まるで塩の柱が倒れるかのように、彼は床の上へ散る。サラサラと、ノアの指の間を白色が零《こぼ》れ落ちた。祈るように、彼女は目を閉じる。

そして、開いた。

ノアの表情に、もう悲しみはない。切り替えたかのように、彼女は銀の槍《やり》を見つめた。

そこには、文字が書かれている。


――――誰が殺した、怪物を。


「…………なるほど。わかった、あなたね」

「ノア」

「ノアさん」

「理解した」

悲劇的な一幕を前に、エルとイヴが声をかける。

それを無視して、ノアはてのひらから砂を払った。紅《あか》い目を光らせ、彼女はつぶやく。

「これは、宣戦布告だと」

瞬間、エルはゾッとした。否応《いやおう》なく、彼女は思い知る。

それは遠い、遠い、昔の御話《おはなし》。
狩人《かりゅうど》と、吸血鬼は殺しあった。

ふたたび、その御伽噺《おとぎばなし》がくりかえされようとしているのだと。

# 第三幕　だから、彼女はそこにいるのだ

「もう終わった話。けれども、少しだけ語ろうと思うの」


同胞が、白い遺灰に還《かえ》った場所にて。

ノアは御伽噺《おとぎばなし》の一端をそう紐解《ひもと》いた。


それは、遠い遠い昔の御話《おはなし》だ。


月の、冴《さ》え冴《ざ》えと白く光る夜のこと。

人と吸血鬼、伝説の戦いが行われた。

片方は『最後の狩人《かりゅうど》』

そして、もう片方は、

「ノアリス・クロウシア・ノストゥルム」

——ノアよ、と。
彼女は重く紡いだ。
そこから先は、なにも続けはしなかった。
本当に、
なにも。

＊＊＊

「で、いったいなんでこうなるわけ？」

そう、エルは大きく肩を落とした。

彼女とイヴは紅《あか》い薔薇《ばら》窓の下——ノアの館前——に立っている。

ソールの屋敷から、帰還したのだ。日は落ちかけており、ただでさえうす暗い場所は澄んだ闇へと包まれつつある。時間こそ経過したものの、はじまりの地点に戻ったといえた。

だが、出がけとは大きく異なっている点もある。

エルとイヴの隣には、ノアではなく、ハツネが並んでいた。

しかも、彼女はいつもより生地の厚い服を着せられたうえに、荷物を背負わされている。

エチルとシアンがかわいいペットにお出かけセットを持たせたのだ。

なにがどうして、こうなったのかといえば——。

すべては、ノアのせいである。

『先ほどの出来事で確信した。今回の敵は【最後の狩人《かりゆうど》】。ならば、彼は必ずノアのところに来る……宣戦布告も済んだ以上、もう時間はないでしょう。だから、あなたたちはハツネを連れていって』

これも『借り』のうちだから、お願いね。でも、ノアのかわいいペットと一緒にいられるのだから、喜ぶべきだと思うのだけれども？——とのことである。

つまり、ノアは戦闘の場になる危険性の高い館からペットを避難させようというのだ。

確かに、置いておくのは危険だろう。エチルはナイフ使い、シアンは槍《やり》使いだが、ハツネだけは戦う術《すべ》をなにももたなかった。巻きこまれれば、彼女は無惨に殺されるだけだ。

だからといってひとりで外泊をさせようにも、人質にされる可能性が危ぶまれた。

「……だからこそ、アタシたちに預けるのが妥当ではあるわけだ」

「エルさん、『なんで』って言ったのに自己解決しちゃいましたね」

「本当にね……問題は、天使警察の宿舎には連れていけないこと、か」

ふたたび、エルはため息をついた。あそこが一番安全だというのに、頭の痛い事態といえる。シャレーナ署長へ、事情を話す道も考えられた。だが、ハツネのほうへ襲撃があるおそれもある以上、まちがいなく、『ノアから天使警察に、正式に話を通せ』と返されるのが関の山だろう。会議の必要があるからと、撥《は》ねのけられる可能性も高い。

世の中は何事においても、天秤を水平に保つ必要がある。

天使と吸血鬼は——同盟関係にあるとはいえ——無償で全面協力をする間柄ではない。だが、ノアは話を通すことを嫌がるものと予測ができた。なにせ、彼女は怠惰かつ、署長が嫌いなのだ。では、隠してハツネを連れていこうにも——それでバレないわけがない。

「あー、どうしよう。だからって宿に泊まると、今度は民間人を巻きこみかねないし」

「エルさん、エルさん」

「なに？」

「バディを忘れていませんか？」

えへんっと、イヴは胸を張った。なにを言われたのかと、エルは目を点にする。

彼女には、本気でわからなかった。イヴは頼りになるバディだ。しかし、ハツネの寝場所に関してはそうではない。そう、エルは考える。だが、イヴはなぜか、えへんを続けた。

悩んだあと、エルはポンッと手を打った。

「もしかして……あの、スラム街のボロ小屋のことを言ってる？」

目を細めて、エルはある光景を思い出した。かつてスラム街にて、イヴはひとりで棲《す》んでいたのだ。空き地に広がる花畑に、彼女のぼろぼろの小屋は確かにまだ残されてはいるだろう。だが、アレは使い物にはならない。エルの言葉に対して、イヴは頰《ほお》を膨らませた。

「ぼ、ボロとはなんですか、ボロとは！　大切なお家《うち》ですよ！」

「だって、壊されて、扉すらないじゃない。ダメダメ。あんなところじゃ、寝られない。それに、ハツネが風邪をひいたら大変だから」

「そこは心配ありません！」

「なんで？」

「えへへー、実はエルさんにわけてもらったお給料で改築したんです」

得意げに、イヴは笑った。ぱちくりと、エルはまばたきをする。

働いてもらう以上はと、エルは生活費をさし引いた給料の残りをイヴにわけ与えていた。最初、イヴは頑《かたく》なに受けとらなかった。だが、エルは無理にでも渡し続けてきた。その使い道にイヴはずいぶんと迷っていたようだ。しかし、エルの知らないうちにソレは定まっていたものらしい。恥ずかしそうに両手の指をあわせながら、イヴは言った。

「えっと、私たちの戦う相手って、これからどうなるのかわかりませんよね。だから、もしも外で寝起きする必要が生じたり、また天使警察を出なきゃいけないときが来たときように、ふたりの秘密の拠点が必要かなぁって思いまして……」

「やるじゃない、アンタ。確かに、あると便利だ」

「でへー……あれ？　ハツネさん？」

照れるのをやめて、イヴは跳びあがった。エルもまばたきをする。

素早く、エルとイヴは辺りを見回した。気がつけば、ハツネがいない。

視線を、エルは遠方に投げかけた。そこに桃色の髪を見つける。ロングスカートを揺らして、ハツネはひとり丘をくだろうとしていた。凛《りん》とした背中は振り返りもしない。彼女は順調に遠ざかりつつあった。慌ててエルは細い姿を追いかけた。隣に並び、声をかける。

「ちょっと、ハツネ。待って」

「うるさい、おまえ。私はひとりで行く」

「危ないから、ダメだってば」

「私は邪魔！　吸血姫からのお荷物！　どうせそうなんでしょ！」

高い声で、ハツネは叫んだ。キィンと、空気が震える。

彼女の翠《みどり》の目には頑なに人を遠ざける光が浮かんでいた。あるいは、根深い闇が。

エルは言い返そうとして、止《や》めた。口を開いて、また閉じて、彼女は慎重に語りだす。

「悪かった。確かに、そういう態度だった。アタシの落ち度だ……でも、誤解はしないで。アタシたちは、ちゃんとアンタを守りたいと思ってるから」

すうっと、エルは息を吸いこんだ。それもまた、嘘《うそ》偽りのない本心だった。他に犠牲を出すことは、彼女の信念と正義に反する。だから改めて真剣に、エルは告げた。

「ノアに『借り』があるから、だけじゃない。天使警察としてハツネのことを」

「エルさん……ハツネさん、また、歩いていっちゃってますよ？」

「ノアのところの面々は、ほんっとに話を聞かない！」

いい加減にしなさい、ハツネーッ！　とエルは追いかけた。イヴとふたりがかりで、ハツネを捕まえて自走馬車へと乗せる。バタバタと暴れる体を、なんとか無理に運びこんだ。

「放せってば！」

「いいから、ほら、行こう！」

「出発ですーっ！」

日が完全に落ちる前に、エルたちはノアの館から遠ざかった。

最後に振り返ったときだ。思わず、エルは目を細めた。紅《あか》い薔薇《ばら》窓の向こうには、ノアが立っていたのだ。彼女が笑ったように、エルには思えた。だが、距離があるせいで、その口元は正確には見えない。それでも確かに、吸血姫はほほ笑みを残したようだった。

ふっと、ノアは奥へと消える。相当の距離があるせいで、彼女の声は届きはしない。

だが、エルは言われた気がした。

ノアのハツネをよろしくね、と。

＊＊＊

ジャンッ！　バンッ！　ドンッ！

シャラララアアアアアアアンッ！

「どうですか！　新しいお家《うち》ですよ！」

「一瞬、謎の効果音が聞こえた気がしたけど……まあ、いいか。きれいになったじゃない」

「でしょう！」

パタパタと、イヴはせわしなく羽を動かした。ちょっとだけ、彼女は浮きあがる。

スラム街の花畑の中に、新しい小屋は建っていた。

小さく、貧相だが、清潔で、かわいらしい建物だ。

前回の――イヴが自分で板を組み立てた可能性すらある――小屋については唯一無二の残念さを誇っていた。だが、今回はちゃんと職人の手を頼ったようだ。壁も窓も屋根も歪《ゆが》みなく、しっかりと造られている。大きさについては連泊に使用するには厳しそうだ。だが、一時の拠点にはぴったりといえた。

よくやったと、エルはイヴを撫《な》でる。わふわふと、イヴは素直に喜んだ。子犬にするかのごとく、エルは存分にイヴをナデナデする。その様子を眺めると、ハツネはあからさまにドン引きした顔をした。吸血姫のペットからうわっと思われるのはきついものがある。

こほんっと、エルは咳《せき》をした。それから姿勢を正して、改めてハツネに告げた。

「というわけで、今日はここに泊まるから」

「……犬小屋？」

「『新・イヴのお家《うち》』になんて暴言を!?」

「ここって、そういう名前なんだ……コラッ、ハツネ。ノアの館と比べたらアレだけど、それは言いすぎだから」

流石《さすが》に、エルは注意する。ぷいっと、ハツネは顔を背けた。どうやら、謝る気はないらしい。抗議なのか、イヴは勢いよく羽をパタパタさせた。はぁっと、エルはため息をつく。

やはり、前途多難だ。それに寝場所は手に入ったが、毛布も食料も水もない。

「どこかに食べにでも行く？　でも、天使と悪魔と人間の組みあわせは目だつか……買ってきてもいいけど、調理器具はなし、ね。できあいのものなら、近場だとどこが美味《おい》しかったっけ？　イヴ、心当たりはある？」

「うーん、私は栄養にできないだけで、生気入りでない料理も食べますけど……スラム街以外はあまり知りません……スラム街なら固パンの謎肉挟みが美味しいんですけど、ハツネさんには正直オススメしませんね。腐ってはいないと思うんですけど、肉なのか蛸《たこ》なのか、わかんない感じなので。ムニムニのモチモチです」

「そ、それは止《や》めておいたほうが無難かな……ハツネは？　食べたいものある？」

「………………」

「おーい」

ダメだこれはと、エルは肩を落とした。うーんと、彼女は悩みだす。

問題は他にもあった。果たして、ノアの館の特上寝具に慣れたハツネが床のうえで眠れるのか。だが、上等な寝袋を買うには手持ちが足りなかった。預けてある給金のひきだしは、午後の早いうちにしかできない。資金があるのに使えないとは、実に悲しい話だった。

だが、嘆いたところでどうしようもない。

腕を組んで、エルは難しい声をあげる。そのときだった。

「どうやら、お困りのようで」

「うん？」

「えっ？」

「それなら、この私の出番ってなもんです」

弾んだ声で誰かが言った。

エルとイヴは顔をあげる。

いつのまにか、花畑を背景に、すらりとした姿が立っていた。

背は高めの娘だ。天使とは異なり、その髪や肌は明るい色素を有している。紅茶のような長髪は光沢を帯び、腰まで流れていた。目は飴《あめ》のような黄金色に輝いている。

そして、なによりも特徴的なのは獣の尾と耳を生やしていることだ。

黒の飾り気のない衣装に身を包み、彼女は片目をつむった。堂々と、獣人の娘は告げる。

「このルナにおまかせあれ」

エルにはじめてできた友人。

天使警察づきの獣人、ルナ。


荷物を担いで、彼女はさっそうと現れた。

＊＊＊

「ルナ！」

「ルナさん！　なんでここに？」

「場所は、前に教えてもらったじゃないですか……で、ノアさんから今日はエルさんは帰らないって連絡をもらいまして。それならココに来てるのかなーって。で、お土産です」

ルナは膨らんだ麻袋を持ちあげた。どうやら、お泊まりセットらしい。

巨大なため、どうやって運びいれたのかと思えば、壁の向こうからロープで吊《つ》りあげたとのことだ。実に用意周到な話だった。どさりと、彼女はそれをエルたちの前に置く。

「ノアさん絡みでの外泊なら、色々必要そうだなぁと思って、このルナ、あれやこれやと準備をしてきましたよ、っと」

エルたちは袋の中を覗《のぞ》きこむ。エルの私物の寝袋、野菜や紙に包まれた肉、調味料、ジユースの瓶などが入れられていた。調理器具一式に、悪魔用の生気入りのパンまである。

ルナはどうだという顔をした。ぴょんぴょんと、イヴは飛び跳ねる。

思わず、エルは口笛を吹いた。

「さすが、ルナ。有能にもほどがある」

「どうもです。でも、ベッドの下から寝袋をとってくるのに、エルさんの部屋に入っちゃいましたけどよかったですよね？　ダメでしたらすみません」

「もちろん、問題ない。ありがと。助かった……って、ハツネ？」

そこで、エルは顔をあげた。

いつの間にか、ハツネは移動をしている。ルナとは彼女も知らぬ仲ではない。だが、間近で顔をあわせるのははじめてだった。警戒しているのかと思えば——少し違うらしい。

距離を空けながら、ハツネはルナのもふもふした尻尾を、じっと見つめている。

その視線は、熱かった。

もしやとエルは思う。同時にイヴが口を開いた。恐る恐る、彼女はハツネに声をかける。

「えっと、触ってもいいと思いますよ？」

「アンタはルナじゃないでしょうが」

「いえいえ、イヴさんはよくわかってらっしゃる。さぁ、どうぞどうぞ、ハツネさん好きなだけモフってください。我ながら尻尾は自慢でして。モッフモッフのサラフワですよ？　しかも無料ですので、モフるだけお得です」

「……私は、別に。こんな、くだらないこと」

「んじゃ、後ろ向いておきますんで」

「…………ッ」

ふわっと、ルナはハツネに尻尾を向けた。見てませんよーと、ルナはアピールする。

しばらく、ハツネは迷った。彼女は翠《みどり》の目を左右に泳がせる。だが、欲望には抗《あらが》えなかったらしい。そっと、ハツネはルナの尻尾に触れた。ちょんちょんとつつき、全体を撫《な》でる。続けて、ぎゅっと抱き締めた。そのまま、モフモフ、モフモフと尻尾に頬《ほお》をうずめる。

たはーっと、ルナは照れた。

ハツネの口元にかすかな笑みが浮かんだ。

思わず、エルとイヴは顔を見あわせた。そして、うなずく。

うまくいえないが、これはもうなんだか大丈夫な気がした。

パンッと、エルは両手を合わせた。視線を集めて、明るく声をあげる。

「さて、それじゃあ、焚《た》き火だ」

通常ならば、街中で火を焚くことには問題があるだろう。だが、スラム街に限ってはそうではなかった。住民も、路上で煮炊きをしている。花畑を避ければ、延焼の心配もない。

ぐっと、エルは親指を立てた。

嬉《うれ》しそうなイヴ。照れているルナ。まだ尻尾をモフっているハツネ。

三名に向けて、彼女は高らかに宣言する。

「今日は、パーティーといこう！」

＊＊＊

フライパンのうえに、ルナは分厚く切ったベーコンを落とした。

火にかけると、透明な脂が染みだし、じゅうじゅうといい音をたてる。ひっくり返すと、揚げ焼きにされた表面はきれいに色づいていた。食欲を刺激する香ばしい匂いが、辺り一面に漂う。フライパンを振りながら、ルナは豪快かつじっくりとソレを焼きあげていった。

最後に、黒胡椒《くろこしょう》をゴリゴリと粗く挽《ひ》けば完成だ。

「ほい、一名様」

「え、エルさんか、ハツネさん、どうぞ、じゅる」

「涎《よだれ》が隠せてないから、アンタから食べなさい。はい、お皿とフォーク……ハツネ、枝つきレーズン美味《おい》しい？」

「……悪くはない」

「よかった。んっ、こっちも焼けたかな？」

熱は通るが、燃えることは防ぐ魔法の防火布で包んだ塊を、エルは火の中から何個もとりだした。中身は芋や林檎《りんご》だ。黄金色に蕩《とろ》けた林檎はそのままに、芋にはたっぷりのバターを載せて食べる予定だった。一個、一個をアチチと開きながら、エルはたずねる。

「ハツネ、甘いのとホクホクなの、どっちがいい？」

「……熱いのは嫌いだから」

「じゃあ、ちょっと待ってね。えーっと」

ナイフを掴《つか》み、エルは焼き林檎《りんご》をやわやわと切った。それを、軽く表面を炙《あぶ》った胚芽《はいが》パンの上に並べていく。最後に蜂蜜を回しかけて、エルはハツネに手渡した。

まばたきをしながらも、彼女は受けとる。うなずきながら、エルは告げた。

「上のが冷めたら食べて」

「ああ、そっちも美味《おい》しそうですね？」

「アンタには悪魔用のパンで作ったげる」

「二名様ーっ！」

「ちょっと待って、お皿、お皿……あれ？　ハツネ、熱くない？」

「……吹いて冷ました。いちいち、かまうな」

「そう？　りょーかい」

「ルナさん、お皿です」

「ありがとうございます、ヨッと」

わあわあと、四名はにぎやかな食事を続ける。

パーティーとの言葉のわりに、メニューに豪華さはない。だが、焚《た》き火で作る品々には独特の美味しさがあった。その証拠に、メイド特製の料理に慣れたハツネも、頬《ほお》を赤く染めている。その様子を眺めて、エルは安堵《あんど》を覚えた。どうやら、これで正解だったようだ。

フライパンを叩《たた》き、ルナが声をあげた。

「ベーコンステーキは行き渡ったので、次はソーセージを焼いていきまーす」

「わーっ、パリパリにすると美味しいんですよね！」

「ルナ、替わるからアンタも食べなさい」

「いいんですか？　じゃあお願いします」

「……んぐっ」

「あっ、ハツネさん、ジュースですね、どうぞ」

「ヨッと」

フライパンのうえで、エルはソーセージをコロコロと転がした。

表面が香ばしく膨らみ、肉汁が内部で蕩《とろ》けだす。その皮がパンッと弾《はじ》ける直前で、エルはうまく皿に移した。そのあいだに、ルナはクリームチーズとクラッカーと葉野菜とオリーブオイルを使用して、手早くサラダを作った。二種類の料理が、皆の間を回されていく。

「美味しいですうううううっ！」

「うん、いけますね！」

「………んっ」

「たまには、こういうのもいい！」

ひととおり、皆は料理を堪能していく。

イヴは笑い、エルは目を細め、ルナは語り、ハツネは無言で頬《ほお》ばった。

やがて、食材はあらかた片付いた。甘い声をあげながら、イヴは後ろへ倒れる。両腕をあげて、彼女はにゃはにゃはと笑った。ごろごろと体を動かしながら、イヴは明るく言う。

「ふああ、お腹《なか》いっぱいですー」

「こら、イヴ。汚れるから」

エルはイヴに声をかけた。振り向き、イヴは満面の笑みを浮かべる。がばっと、彼女は大きく両腕を広げた。ぐでぇっと、イヴは日向《ひなた》の猫のごとく、エルに深く身を預けてくる。

「えへへー、エルしゃん、私、幸せですよぉ」

「はい、はい、抱きつかない……って……うん？ なんか様子がおかしくないか？」

元々、イヴには甘えるのが好きなところがある。だが、なにか、エルは違和感を覚えた。その疑惑を強めるには十分なほどに、イヴは蕩《とろ》けきった声で続ける。

「エルしゃんがいてくれてー、皆さんもいてー、えへへー、ひとりのときは、こんなふうにすごせるとは思いませんでしたー。イヴはですねー、エルさんとー、ずーっとずっと幸せでしゅ。えへへへへへへ！」

「あれ……もしかして……」

イヴのそばに転がるジュースの瓶を、エルは拾った。じいっと、それを見つめる。

続けて、彼女は急速に顔を青ざめさせた。

「こ、これって」

かわいらしい木苺《きいちご》の描かれたラベルは、まちがいなくジュースのものだ。だが、エルは知っている。それは歳上《としうえ》の同僚が中身を酒に入れ替えて職務中に飲んでいたのを、彼女がとりあげたものだった。ちなみに、ルナはそれを知らない。保管してあるベッドの下から見つけて、これ幸いとそのまま持ってきたものと予測がついた。慌てて、エルは振り向く。

「ちょっ！　ルナ！」

「それでですねー、語るも涙、聞くも涙のお話ですがね、こう見えてですね、獣人ですからね、そりゃ大変な苦労をしてきてるわけですね。うーん？　聞きたいですか？　いいですねー、語りましょう。朝まで続けますので、話、聞いてくださいね？　はじめますね？　それでは、皆様、ご拝聴願います。この、ルナ、今より存分に語らせていただきます」

「だ、ダメだ。わかりにくいけど、これは酔ってる……ハツネは？」

「うに……ふに……ひくっ！」

「酔ってるーっ！」

どうやら、正気なのはエルだけらしい。

イヴはぐにゃんぐにゃんだし、ルナは泣きながら語っているし、ハツネはほやほやになっていた。グリグリとエルに頬ずりしながら、イヴはへにゃっと笑う。

「ふへへへ、エルしゃん、エルしゃん、ナデナデしてくださいー！」

「もー、アンタは」

「それでですね、妹が私のぶんまで食べてしまったわけですが、まあお姉ちゃんですし？　それはいいんですが、最近になって歳をとるとあの味が懐かしくてしかたがなくてですね、聞いてますか？　聞いてませんね？　聞いてください？　聞くといいのですよ」

「え、えっと、その話は酔ってないときに聞くから！」

「……ひっく、ひっく」

「ハツネはお水飲んで、お水」

パタパタと、エルは全員の介護に回る。

だが、酔っ払いの悪魔と獣人と人間は止まらない。ますます、宴《うたげ》は混迷を深めていった。

「えへへへ、エルしゃん、だいしゅきでしゅよー、うふふふ、お腹《なか》いっぱいで、あったかくって、幸せで楽しいでしゅねー」

「アンタはそうでしょうよ！」

「人生なんてつまりはシャボン玉なわけです」

「どうしてそうなった」

「………うぐぐ」

「ハツネ、ちょっ、待っ、吐きそう？」

やいのやいのと騒ぎは続く。

焚《た》き火が、燃えつきるまで。

そうして、四人はわちゃわちゃしたのだった。

＊＊＊

「いやー、すみません。エルさん、酔っちゃって。あと、瓶のこと知らなくてですね……」

「いいから、ふたりを寝かせるの手伝って！」

酔いが浅かったのか、ルナは早めに正気へ戻った。

彼女とエルは共同作業で、イヴとハツネを寝袋に押しこんでいく。甘えたいのか、イヴはぴたりとくっついてきた。だが、寝袋の中にしまわれるとうにゃむにゃと眠りに落ちる。

ハツネの方もまた、大人しく目を閉じた。

「……ふう。なんとかなった、かな」

ランプだけを点けた小屋の中、エルは細く息を吐いた。壁際に座って、彼女はルナと並ぶ。うす明かりの中、ふたりはゆっくりと視線をあわせた。無言で、ルナは口元を緩める。

エルも同じ表情を返した。眠る子たちが目覚めないように、彼女は声を殺してささやく。

「なんだっけ？　さっき言ってたけど、懐かしい味があるとか？」

「……忘れてください。久しぶりに酔いました」

「アタシに作れるものだったら、作ってあげようか？」

「獣人用のまずいシチューなんて、再現しないでいいです」

「それなんだ」

「それよりも、クッキー焼いてくださいよ。エルさんの焼いたやつ、美味《おい》しいんです。あの砂糖がざらっとした固めのやつは、私じゃできませんね」

「わかった。また今度」

ふっと、沈黙が落ちた。だが、不思議と居心地のいい時間がすぎる。

ぼんやりと、ふたりは天井を眺めた。新築の小屋はきれいだ。蜘蛛《くも》の巣もない。エルとルナの影だけがゆらゆらと揺れていた。片方はツインテールで、片方は獣耳が生えている。

とうぜんだが、なんだか愉快だ。幽霊っぽさのある木目に視線を移して、エルはつぶやく。

「なんか、久しぶりじゃない？　こういうの」

「最近はエルさん、バディでの任務で忙しかったですしね」

「そうか……確かにそうだったな」

「こうしてすごすのもいいですね」

「うん……今度、三人でピクニックでも行こうか？」

「ぜひとも。お弁当、作りますよ……あれ？」

そこで、うにゃうにゃと声がひびいた。どうしたのかと、ふたりはイヴのほうを見る。

寝袋に包まれながら、のんきな悪魔は涎《よだれ》を垂らして訴えた。

「サンドイッチが、いいです……ふにゃ」

「こう言ってますよ」

「はいはい」

ぽんぽんと、エルはイヴの頭を撫《な》でてやった。嬉《うれ》しそうに笑って、イヴはふたたび眠りに落ちていく。小さく、エルとルナは笑いあった。それから、どちらともなく口を開いた。

「私たちもそろそろ……」

「ん、寝ようか？」

だが、寝袋はふたつしかなかった。自分たちはこれでいいと、ふたりは毛布にくるまる。もう一度、エルとルナは目をあわせた。互いを瞳に映して、彼女たちはかすかに口元を緩める。おやすみなさいと小声でささやいて、エルはランプの火を消した。

彼女とルナはまぶたを閉じる。その時だった。

「う……あっ……」

「うん？」

「なに？」

「あっ……あっ……」

急に、苦しげな声がひびいた。すばやく、エルは目を開く。即座に、彼女はランプの火を点《つ》けた。声は大きくなり、激しさを増す。金色の光の中で、苦悶《くもん》する影が大きく跳ねた。

ぐねぐねと、人の形が歪《ゆが》む。

なにかと思えば、ハツネだ。

「……い、や……い、や」

彼女は玉のような汗を浮かべ、頭を振っている。桃色の髪が寝袋から零《こぼ》れ、蛇のごとく床をのたくった。続けて、ハツネは血がでるのではないかというほどに歯を食いしばった。

慌てて、エルとルナは彼女に近寄った。その肩に触れて声をかける。

「ハツネ、どうしたの？」

「ハツネさん、苦しいんですか？」

「あ……ああ……あああああああああああああああああああああっ！」

身をよじるように、ハツネは悲鳴をあげた。

夜の闇を、苦痛と恐怖に彩られた声が裂く。

痙攣《けいれん》しながら、ハツネは寝袋から転がりでた。

＊＊＊

「いやあああああっ、いやだああああああああっ、やめて、お願い、お願いですからっ！」

それは悲鳴で、泣き声で、懇願だった。

慌てて、イヴもまた、飛び起きる。辺りを見回し、彼女はハツネに目を留めた。

桃色の髪を振り乱し、ハツネは暴れ続ける。驚いたように、イヴは声をあげた。

「ハツネさん⁉」

「いやだ、いやだ、やめて、やだあああああああああああああああああっ！　やだったらあああああああああああ、やああああああああああああっ！」

ハツネは腕で空を掻《か》いた。必死に、彼女はなにかから逃れようともがく。続けて、ハツネは床に爪を立てた。ギギッと指先が軋《きし》む。さらに、ハツネはゴッと頭を床に打ちつけた。

一瞬、エルは怯《ひる》んだ。不用意に近づけばますます悪化させるかもしれない。だが、首を横に振って、エルは彼女に駆け寄った。迷っている場合ではない。

「落ち着いて、ハツネ！」

このまま自傷が続けば危険だ。舌も噛《か》みかねない。

慌てて、エルは細い腕を押さえた。まずは床から無理に引きはがす。

だが、ハツネは暴れた。足をばたつかせ、彼女は苦悶《くもん》の声をあげ続ける。

「やだやだ、やだったら！　やめて、やめてぇえ！」

「ルナ、布とって！　噛ませるから！」

「わかりました！」

「やだやだやだやだ、やだあっ！　助けて、ノア……ノアあああああああああああ、来てよ、ノアあああああああ！　ノアああああああああ、あ、あ……あ……ノア……」

痛々しく、ハツネは泣きはじめる。だが、叫ぶのは止《や》んだ。

ノアの名前をくりかえして、彼女は小さく震えている。もう、自傷の心配はないだろう。

そう判断し、エルは彼女をゆっくりと抱きしめた。背中をさすり、体温を伝える。子供のように、ハツネはすすり泣いた。彼女は静かになる。だが、不意に、涙声でつぶやいた。

「……………帰る」

「帰るって……えっ？」

「ノアのところに、帰る」

「いや、あそこは危険で」

「帰して！　帰せ！　アイツがいないと、私は眠れない！」

甲高く、ハツネは叫んだ。だが、はたりと口を閉じ、大粒の涙を零《こぼ》しはじめる。

音もなく泣きながら、ハツネは一転して弱々しく続けた。

「……お願い……お願い、します……どうか、帰して……」

「……ハツネ」

「帰りたい……帰りたいよ……」

「……どう、しよう」

困ったと、エルはつぶやいた。ノアには帰ってこないように言われている。

だが、このままではハツネは泣き続けるものと予想ができた。ふたたび、発作のような状態に陥る可能性もある。致命的な自傷や自壊がくりかえされるかもしれない。

四人の間に、重い沈黙が落ちた。

目を見開いたまま、ハツネはハラハラと泣く。その様を眺めて、イヴは言った。

「きっと不安なんです。ノアさんに会わせてあげたほうがいいんじゃないでしょうか？」

「私もそう思います。エルさん、このままだと今日は乗り越えられても明日は無理だ……多分、ハツネさんは寝るたびにこうなる……そうですよね？」

ルナはハツネにたずねた。カックンと、ハツネは大きくうなずく。壊れた人形のような反応だ。そのまま深くうつむいたあと、彼女は掠《かす》れた声で言葉を添えた。

「……ノアがいるときは、ならない……だから、最近は、ずっと忘れてた……私は、ダメ……ひとりだと本当に、ダメだ……」

「そっ、か」

エルは目を閉じた。

確かに、ルナの言うとおりだった。今日を乗り越えられても、明日は無理だろう。このままだと、ハツネの心も体も危険だ。一度、ノアに指示を仰ぐ必要がある。同時に、否応《いやおう》なく、エルは悟った。ハツネの過去にはなにかがある。深く、傷つけられた出来事が。

だから彼女はあの屋敷にいるのだ。

吸血姫に、愛されるペットとして。

「わかった、それじゃあ……」

頭の中で、エルは考える。これからの行動のリスクを、彼女は計算した。ノアの屋敷の近くまで行き、異変があればハツネは待機させよう。ルナに彼女を任せ、エルとイヴで安全性を確認すればいい。ハツネに危険が及ぶことだけは、まちがってもないはずだ。

そう決めて、エルは問いかけた。

「帰ろうか、ハツネ？」

大きく、ハツネはうなずく。

再度、彼女は涙を落とした。

宝石のようにキラキラ光って、ソレは弾《はじ》けた。

＊＊＊

深夜価格だがしかたがないと、エルたちは自走馬車を借りた。

そうして、ノアの屋敷へと向かう。もうすぐだからと、震えるハツネをはげましながら、エルは車輪を急がせた。だが、高い柵状の門の前まで来ると、全員が大きく息を呑《の》んだ。

「……こんな、ことって」

「なにが起きたんですか？」

柵は、飴《あめ》のように歪《ゆが》められていた。

どのような力が加えられたものか、見当もつかない。

自走馬車から飛び降りて、エルは柵を確認した。黒塗りの金属を撫《な》で、彼女はつぶやく。

「もしかして、この上に乗って……蹴り離す反動で曲げた？　そんなことってできるものなの？　だけど、伝説の狩人《かりゅうど》なら確かに……」

「エルさん、エルさん、どうするんですか？」

馬車の中で、イヴが混乱した声をあげた。速やかにエルは思考を組みたてる。危険がわかった以上放ってはおけない。動く必要があった。だが、戦えない者たちは巻きこめない。

「イヴはアタシと来て。ルナは……」

「すみませんが、私は戦力になりません。ここでハツネさんと待機します」

「そうして。お願い。いざとなったら、全力で逃げて」

ルナに告げ、エルはイヴの手をとった。応えてイヴもまた馬車から飛び降りる。うなずきあい、ふたりは走りだそうとした。その瞬間、ハツネが激しい焦りのにじむ声をあげた。

「ノアは？　アイツはどうなったの？　エチルは？　シアンは？」

「わからない……でも、ノアは誰よりも強い。きっと、大丈夫だから」

「わかってない」

不意にハツネは顔を歪《ゆが》めた。泣きそうな表情で彼女はつぶやく。

桃色の髪を、ハツネは激しく左右に振った。そうして、続ける。

「ぜんぜん、わかってない」

なにを、とはエルは問い返さなかった。

今は話している時間も惜しい。身をひるがえし、エルは間近に建つ——岩山に大きくめりこんだ――館へと向かった。城のように荘厳で古典的な建物に、ふたりは近づいていく。

その玄関先で、エルはふたたび絶句した。悲鳴のように、イヴが叫ぶ。

「エチルさん、シアンさん！」

「…………っ！」

破壊された扉の前には、エチルとシアンが倒れていた。まるで放り投げられた人形のように、彼女たちは優美なスカートを広げながら転がっている。だが、見る限りでは、大きな怪我《けが》を負ってはいないようだ。殴打のうえで気絶させられたのだろう。近づいて、エルはその口元に手を添えた。脳の損傷は心配だが、今のところは呼吸も安定している。

そう、エルが確認したときだった。

「うっ……あっ……」

シアンのほうが、薄く目を開いた。銀と蒼《あお》の瞳に、彼女はエルのことを映す。

再度、その意識が落ちる前にと、エルは問いかけた。

「教えて。シアン、なにがあったの？」

「……大剣の背で、殴られまし、て……ご主人さまが、我々への、追撃を防ぐために、奥、へ……どうか、早く……」

「わかった。ノアを連れてもどってくる」

約束して、エルはシアンを静かに横たわらせた。続けて、彼女はイヴにうなずく。

速やかに、イヴは獣を召喚した。『ウーヌス』と『ドゥオ』の背中に、ふたりは協力してメイドたちを乗せる。そうして、ルナのもとへと走らせた。

あっという間に、召喚獣は遠ざかっていく。

「急ごう!」

「はいっ!」

入れ違いに、彼女たちは奥へ向かった。

走りながら、エルは光を編んだ。両手に、拳銃を生みだす。

(ノアが……あのノアが、負けるはずない!)

そう、エルは縋《すが》るように考えた。

吸血鬼の中でもノアは特別な存在だ。『姫』と仰がれる彼女は最強に近かった。戦うと決めたときのノアはまるで死の具現化で、殺戮《さつりく》の嵐だ。誰もが畏れ、恐怖する武力だった。

だが、シャンデリアの輝く、玄関ホールを横断する間のことだ。

先ほど聞いた不吉な声が、エルの鼓膜の内側で反響した。

『ぜんぜん、わかってない』

(もしかして、吸血姫には)

負けるときもあるのだろうか。

緋色《ひいろ》の絨毯《じゅうたん》の敷かれた大階段を登って、ふたりは廊下を駆けた。どこかで音がした。該当の部屋へ、エルたちは急ぐ。薔薇《ばら》窓の飾られた、二階の広間に、彼女たちは駆けこんだ。

「ノア、いる⁉」

「ノアさんっ！」

そして、ふたりは思いがけない光景を目にした。

色ガラスを通した紅《あか》い月光の中、小さな体が男の腕に掲げられている。

その様子は、まるで物語の一幕を映した影絵のようだ。黒コートを着た鴉《からす》にも似た狩人《かりゅうど》に、ノアは首を掴《つか》まれていた。生贄《いけにえ》のように。あるいは捕らえられた狐《きつね》のごとく、無力に。

ありえない光景に対して、エルとイヴは息を呑《の》んだ。最強のはずの吸血姫の名を呼ぼうとして、エルは口を開く。だが、声にする前に、ノアが彼女のほうへと視線を向けた。

「あら、なんで来たのかしら？　あなたたち」

のんびりと、吸血姫は甘くささやく。

見せたくない、ところなのに。

戯言《たわごと》を紡ぐような口調で告げて、

銀の杭《くい》に、ノアは胸を貫かれた。

カルネアデス
CARNEADES

# 第四幕　闇夜・逃走・敵か味方か？

「ノア！」

「ノアさん！」

惨事を前にして、エルたちは叫ぶ。

次の瞬間、吸血姫の白い羽が動いた。

獲物に致命傷を与えるさいに生まれる、狩人の一瞬の隙――ノアはそれを狙ったのだ。

滑らかに、彼女は己の喉を掴む右腕を切り落とした。紅色が弧を描く。勢いよく、狩人の身体部位は宙を舞った。わずかに、彼は後ろにさがる。

その隙に、ノアは胸に突き立てられた杭を掴んだ。銀に触れたてのひらは煙をあげる。

「……っ、……ふふっ」

苦痛に耐えて、彼女は杭を引き抜いた。派手に、血が噴きだす。

からんと、ノアは音を立てて杭を投げ捨てた。その足元には紅い水溜《みずたま》りが生まれている。

だが、致命的なほどに心臓を焼かれる事態は避けられた。無惨な傷口は蠢《うごめ》き、塞がりだす。

しかし――――。

(完全には、再生しない!?)

思わず、エルは目を見開いた。

ノアの胸には、歪《いびつ》な穴が残される。それほどまでに、吸血姫は消耗しているようだ。

一方で、狩人《かりゅうど》は切り落とされた右腕を静かに拾った。その動作は遅い。立ち姿は無防備だ。この機会を逃す手はない。そう、狙いを定め、エルは引き金を弾いた。

「なっ！」

瞬間、彼女は絶句した。

狩人はこともなげに、己の切断された腕を射線上へ投げたのだ。

エルの撃った弾は、すべてソレに着弾する。衝撃に躍りながら、腕はズタズタに裂かれて床に落ちた。予想外かつ、常識の埒外《らちがい》の行動に、エルは気をとられる。次の瞬間だった。

「エル、さんっ！」

「…………っ！」

音もなく、狩人はエルに肉薄した。そのまま、彼は左腕に構えた大剣を振るう。

「させ、ませんっ！」

致命傷を防ぐべく、イヴが動いた。バディは羽で、狩人の支点としている足を狙う。

だが、トンッと小さく飛ぶことで、狩人は一撃を避《よ》けた。最小限の動きで落下して、彼はイヴの羽を踏み潰そうとする。めきめきと無残な音を立てて、骨格と飛膜が歪《ゆが》められた。

「ぐあっ」

「イヴ！」

瞬時に、エルは体勢を立て直した。狩人の背に、彼女は銃口を押し当てる。

迷いなく、引き金を弾いた。

ゼロ距離射撃だ。

だが、空中にいたにもかかわらず、狩人の姿は目の前から掻《か》き消えた。

イヴの羽が完全に潰されることは阻止できた。しかし、彼はどこに？

そう思った途端、エルは腹に衝撃を食らった。

勢いよく胃がひっくり返る。血と嘔吐物《おうとぶつ》が天井にかかった。

いつの間にか、彼女は高々と宙を舞っていた――狩人は大剣を床に突き刺し、半回転することで射撃を躱《かわ》し、エルを蹴りあげたのだ――そう悟るのと、彼女の視界の端で純黒のコートがひるがえるのは同時だった。痛みに濁った頭でも、エルは気がついた。

狩人は跳躍し、追撃しようとしている。

「させ、るか！」

このままでは、数秒後に死ぬ。

腹部の痛みと激しい眩暈《めまい》を無視して、エルは二丁拳銃を乱射した。当たるとは思っていない。抑止のためだ。同時に、彼女には別の目的もあった。それをエルは的確に果たした。

弾丸で薔薇《ばら》窓の端を撃ち抜く。鋭い音とともに、紅《あか》いガラスが夢幻のごとく散った。

キラキラと、ソレは宙を舞う。

ぼんやりと、ノアは紅色の乱舞を見あげ――動きだした。エルの意図を、彼女は無事に察してくれたらしい。穴から、ノアは外にでる。ふっと、彼女の姿は夜の中に掻き消えた。

それを見た瞬間、狩人《かりゅうど》は目標を変えた。天井を斜めに蹴って、彼はノアへと向かう。

エルの狙い通りだ。

(やはり、狩人の第一の標的はノア！)

吸血姫を追って、彼は薔薇《ばら》窓から飛びだした。

その体は、完全に宙に浮く。

瞬間、白い羽が振るわれた。ノアは堕《お》ちたわけではない。手をガラス片に貫かれながらも窓枠にぶらさがっていたのだ。鋭い飛膜で、彼女は狩人の首を狙う。

即座に、狩人は大剣を虚空に振った。反動で、彼は死の斬撃を躱《かわ》す。

だが、空中で反った背中へと第二撃が迫った。

砲弾がめりこむ。

「――ぐっ！」

「当たっ、た！」

ノアの攻撃の間に翼をだし、エルが砲撃したのだ。ようやくの有効打に、彼女は声をあげる。砲弾を受けた以上、人間は完全に無傷ではいられない。射られた鴉《からす》のごとく、狩人は堕ちた。だが、手首を回転させると、彼は壁に大剣を突き刺した。それで全体重を支え、停止する。目の前でくりひろげられた光景に対し、エルは息を呑《の》んだ。

奇跡的で、悪夢のような神業だった。

深手を負った人間にできる所業ではない。そもそも、なぜ生きているのか。

そう、エルは叫びたかった。だが、嘆く暇などない。腹の奥は、血と臓腑《ぞうふ》を吐き散らかしたくなるほどに痛んだ。それでも着地すると、エルは薔薇窓に開いた穴へと駆け寄った。ノアを引きあげ、背中に担ぐ。脂汗をぬぐって、彼女はイヴへと声をかけた。

「行こう、イヴ！」

「エルさん、怪我《けが》が……」

「アンタも傷ついてるでしょうが！　今は気にしない、止まったら死ぬ！」

「っ……わかり、ました。急ぎましょう！」

イヴと共に、エルは屋敷の中を駆けだした。

危険な玄関は避ける。そんなわかりやすい逃走ルートを選ぶのは、狩ってくれと言うようなものだ。不気味にうす暗い廊下を進み、ふたりは厨房《ちゅうぼう》の扉を開いた。保存食や血液の瓶のしまわれた棚の間を走り抜ける。そのまま、エルは裏口を開いた。

濡《ぬ》れた、夜の空気が頰《ほお》を刺した。

扉は――岩山の横手に――隠れるようにして広がる森へと繫《つな》がっていた。

嘘《うそ》のように、そこは静かだ。なんの音もしない。それが逆に、エルには恐ろしかった。足音を聞きつけてすぐにでも狩人がやってくることだろう。だが、まだ勝算はあった。

振り向いて、エルはかすれた声をだした。

「イヴ！」

「『トリア』、『クァットゥオル』……」

イヴは召喚をはじめる。だが、彼女の召喚獣は、呼べる順番が決まっていた。次々と獣が現れるが、目当ては彼らではない。召喚獣を放ちながらの、焦《じ》れるような時間がすぎた。ついに最後の十体目を、イヴは呼ぶ。

「『デケム』！」

ヒョロヒョロした、老犬が現れた。エルはうなずく。この一頭こそが、待ち望んだ逃走用の召喚獣だ。その骨の浮いた背中に、彼女はノアを乗せた。パシッと、痩せた尻を叩《たた》く。

「走って！　匂いでルナのところへ！」

見た目にそぐわない勢いで、老犬は走りだした。

瞬間、ガキンッと大剣の音が鳴った。闇の中に、火花が散る。

ひゅっと、エルは息を呑《の》んだ。危ないところだった。

『デケム』のいた位置に、狩人《かりゅうど》が現れ、一撃を振りおろしたのだ。だが、それは遅い。戦闘力はない代わりに『デケム』は脚の速さだけならばどんな生き物にも負けはしなかった。

風のように、老犬は駆けていく。

脇目も振らずに、狩人はその後を追いかけはじめた。その様は、黒い嵐のようだ。『デケム』が危険ではと心配になる。だが、走る場所は夜の森の中で、『デケム』は獣なのだ。人の足では、さすがに追いつけはしないだろう。これで、ノアの安全は確保できた。

冷や汗をぬぐって、エルはつぶやく。

「さて……ここからだ」

「私たちも行きましょう、エルさん」

「ええ」

「……バラバラに逃げなくて、いいですか？」

「いい。それだと、アンタのほうを追われた場合がダメ。そのまま殺される……アタシも、砲撃の後だから銃は出せない。それでも、近接戦闘なら多少の抵抗はできる。イヴには迎撃能力が完全にないのがまずすぎる」

　語りながら、エルはイヴと共に巨躯《きょく》の犬、『トリア』の背中に乗った。ふたりはノアとは別の方向へと駆けだす。細い枝が顔に当たり、夜の雫《しずく》が肌を打った。それを無視して、エルたちは急ぐ。同時に周囲の森に——すでに使役した四頭を除く——六頭を展開させた。

　群れとなって彼らは走る。

　しばらく、進んだときだ。

　不気味な音が、木々の間にひびきはじめた。ソレはガッガッガッと、なにかを細かく刻んでいるかのようにも聞こえる。だが、正確には、異常に速い人間の足音だった。

　エルは思った。予想通りだ。

　彼女たちに、狩人が並走している。

　そう、『デケム』には追いつけない以上、狩人は召喚師のほうを狙いにきたのだ。

　エルが視線を向けた途端、彼は動いた。走るのを止めて、狩人は木々の胴を次々と蹴った。勢いをつけて、彼は大剣を振る。刃《やいば》を連れた黒い台風として、狩人はふたりに迫った。

瞬間、イヴは叫んだ。

「『クィーンクェ』！」

森の中に展開していた、紅毛《あかげ》の狼《おおかみ》が狩人《かりゅうど》に襲いかかった。

開いた口で、狼は頭上から標的を狙う。その顎を、狩人は音もなく刺し貫いた。

彼の大剣では、細やかな動きが難しい。だというのに、信じがたい速さだった。

ずるりと脳まで割られて、『クィーンクェ』は霧と化す。瞬間、伸ばされたままの狩人の腕に『セクス』が噛《か》みついた。さすがにこれは避《よ》けられない。だが、痛みを感じた様子もなく、狩人は『セクス』を木にぶつけた。その背中にすかさず『セプテム』が飛びつく。

エルはつぶやいた。

「狩りはこれからだ」

どちらが、狩り、狩られるのか。

それはまだ、誰にもわからない。

＊＊＊

木にぐぐっと押しつけられて、『セクス』は体が折れるまで圧迫された。腹から、その体は真っ二つにされる。サアッと、『セクス』は霧へと変わった。

そのまま、狩人は己の背中を別の大木へぶつけた。『セプテム』を潰すためだ。だが、短毛の中型犬は頭上に跳んで難を逃れた。だが、その動きを、狩人はやはり読みきった。

くるりと彼は剣を持ち直す。重い柄《つか》で『セプテム』は頭を殴られた。

鍛えられた体を霧へと変えて、犬は『セクス』と同様の道をたどる。

瞬間、『クァットゥオル』が、狩人の喉元を狙った。最小限の動きで、狩人は鋭い牙を躱《かわ》す。ガチンッと、獣の顎は虚空を噛んだ。次の瞬間、小型の犬の喉元は横へと裂かれた。

『クァットゥオル』の頭が、高々と宙を舞う。

エルとイヴが目撃したのはそこまでだった。

『クァットゥオル』の完全消滅を見届けることなく、エルとイヴは狩人から距離を空けた。

相手は『あのノア』が敗れた人間だ。勝てなくとも、逃げきれればそれに越したことはない。数分――いや数秒か――ふたりは走り続けた。ほどなくして、森の中に新たな獣の悲鳴がひびきわたった。おそらく、『オクトー』もやられたのだろう。

エルは舌打ちする。

残りは九体目のみ。

だが、それこそが、エルたちの切り札でもあった。

背後からガッガッガッと音を立てて、狩人が迫りくる。だが、エルたちと入れ違いに、なにかが黒い暴風へと向かった。恐れることなく、ソレは真正面から敵へとぶつかる。

牛よりも大きな胴体をもつ、三つ首の魔獣だ。その目には魔の炎が黒く燃えている。だが、無骨な背中には白い羽が生えていた。イヴだけが呼べる、聖と邪の混合魔獣。

最も強力な九体目。

名前は――――。


「『ノウェム』！」

応えて、禍々《まがまが》しい異形は吠《ほ》えた。

キュワアアアアアアアアアアアアアアアッと、異質な声が夜を震わせる。

『ノウェム』は前脚を振るった。すべてを切り裂く、衝撃波が放たれる。

だが、狩人《かりゅうど》は大剣を振ることのみで応えた。衝撃波同士が激突する。それは互いを殺しきれず、上へ向かって弾《はじ》けた。木々を渦状に巻きこんで、ふたつの衝撃波は四散していく。

辺りには、なぎ倒された影が重なった。

夜の中、狩人は傷ひとつなく立っている。

思わず、エルは驚愕《きょうがく》の声をあげた。

「嘘《うそ》……どうやったの、今の」

「がんばってください、『ノウェム』！　負けないで！」

主《あるじ》の声援に対して、獣は健気《けなげ》に嘶《な》いた。『ノウェム』は第二撃を放とうとする。だが、狩人はその懐へと飛びこんだ。掬《すく》いあげるようにして、彼は大剣を振るう。

次の瞬間だ。

狩人の頭に、こつんっと銀の石が当たった。

エルの放ったものだ。小型の投石器を生みだし、彼女は撃ったのだった。以前から、砲撃で力を使い果たしたあとにもできることはないかと模索を続け、エルはこれをだす修行を重ねていた。もちろん、石程度では損傷を与えられるはずもない。

だが、狩人の攻撃の流れを崩すには充分だった。

不意を打たれた様子で、彼は足を止める。

瞬間、『ノウェム』は口を開いた。三つある頭のひとつで、獣は狩人の半身を呑《の》みこむ。

その結果に浮かれることなく、エルは鋭い声をあげた。

「今！」

「走ってください！」

この隙に、エルとイヴは空けられるだけの距離を空けた。

その間にも、『ノウェム』の口は内側から歪《ゆが》みはじめた。喰《く》われた狩人が、派手に暴れているのだ。やはりと、エルは思った。たやすく、彼は死にはしない。おかしな話だった。狩人とは、怪物であり化け物である吸血鬼に、対抗する立場の人間のはずだ。それなのに。

あの狩人のほうが、まるで怪物のようだ。

魔獣の顎はふたつに裂かれた。肉が落ち、おびただしい量の血が溢《あふ》れる。中から狩人がでてきた。それでも、『ノウェム』には残りふたつの頭がある。まだ霧に変わりはしない。

『トリア』に乗り、エルとイヴは走りに走った。だが、背後で獣の断末魔の声がひびいた。

『ノウェム』もまた消滅させられたのだ。エルは冷や汗が肌を伝うのを覚えた。

まだ、早い。このままでは逃げきれない。

狩人《かりゅうど》が来る。

黒い死が、
死が迫る。

エルは殺されることを覚悟した。だが、どうにか、自分のバディだけは逃がせないかを考える。同時にある事実が自然とわかった。イヴもまったく同じことを考えているだろう。ふたりの目があった。訴えていることを読んで、エルは言う。

「アタシは、アンタを置いて逃げない」

「最後まで、私はエルさんと一緒です」

イヴのうす紫色の目の中には固い決意が浮かんでいた。弱虫のくせに、彼女はなにも恐れてはいない。恐怖に立ち向かうことを決め、己のバディのことだけを真摯に考えている。

ああと、エルは思った。それでこそ、イヴだ。彼女の信じる、バディだった。

ふうっと、エルは息を吐いた。この調子では、イヴは彼女を置いて逃げてはくれないだろう。『トリア』の背中に乗ったまま、エルは悲痛な覚悟を固める。このままではふたり一緒に死ぬしかない。だが、それでもいい気がした。なにもできないまま、不安定な世界から消えるのは心残りだ。しかし、生きるのも死ぬのも、ふたりであれば怖くはない。だとしても、最後まで諦め悪く戦おう。

そう、エルは心に決めた。そのときだ。

「こちらへ」

エルとイヴは凛《りん》とした声を聞いた。

白いてのひらが、彼女たちを招く。

「こちらへどうぞ」

＊＊＊

闇の中を『トリア』が走る。

その頭上に、音もなく影が落ちた。

ついに、狩人が追いついたのだ。

降りながら、彼は回転切りを放つ。縦に割られて『トリア』は内臓をまき散らした。

無惨に、獣は霧へと変わる。だが、その上に乗っていたはずのエルたちの姿はない。

狩人《かりゅうど》は辺りを見回した。

彼と、エルの目があう。

だが、数秒の沈黙の末、狩人はふっと視線を逸《そ》らした。彼にはエル、が見えなかったのだ。

しばらく、狩人は佇《たたず》み続けた。だが、標的はそばにはいないものと判断したのか、消える。

後には、静かな闇だけが残された。

ふぅっと、エルは息を吐く。暴れ悶《もだ》える心臓を、彼女はなんとか落ち着かせた。

「助か、った」

「し、死ぬかと、思いました」

へなへなと、イヴも床に崩れ落ちる。

ふたりは、豪華な馬車に乗っていた。

だが、ただの馬車ではない。姿も音も——下手をすれば、存在すら——この世から消滅させることができる、第一級聖遺物だった。現在は教会が所有している、人間勢力の数少ない強力な武装だ。消えている間はこちらからの干渉もできないが、隠れ場所には最適といえる。その持ち主に対して、エルは声をかけた。

「よく、こんなものを持ちだせたじゃない？」

「親愛と信愛」

「親しき友を信じるがゆえに、と、ジェーン・ドゥさまはおっしゃっている」

エルの視線の先で、ふたりが口を開いた。

片方は白い少女でもう片方は黒い少女だ。

白のほうは、神秘的な娘だった。

彼女は純白のヴェールをかぶり、目元を布で覆い隠している。それでも、骨を思わせるような白髪に彩られた神秘的な美しさは、損なわれてはいなかった。

堂々としながらも厳かに、彼女は聖者の威圧をもって立っている。

そのすぐ後ろには、黒の可憐《かれん》な少女が控えていた。黒髪に、精緻な作りの同色のドレスが愛らしい。彼女は白い少女の忠実な従者として、人形のように気配を殺している。

名は、ジェーン・ドゥとリリス。人間であり——天使と関係性を深めようとしている——教会勢力の代表的なふたり組だ。滅多《めった》に会えない貴人を前に、エルは眉を撥《は》ねあげる。

「つまり？」

「吸血鬼の、死」

「吸血鬼の殺害状況の報告を受け、我らも動いていた」

「平穏への渇望」

「世界の平穏は、教会の望み。女王と『聖母』のお考え。ゆえに、我らは吸血姫の襲撃の情報を得て、逃走補助をしようと近くまで来ていたのだ」

「平穏ね……今では、『聖母』を越える代表になりつつある聖女が、そう考えてくれているのは、天使警察としては助かる話……けど」

深く、エルは息を吸いこんだ。

今は聞くべきではないかもしれない。まだ、危険が去ったとは言いきれないのだから。笑って、ありがとうと別れるべきだ。それが、賢い選択だろう。そう知りながらも、彼女は口を開いた。ここで疑念を残せば、それは針へと変わってしまう。それに、次はいつジェーン・ドゥに会えるかはわからなかった。だから、エルはたずねる。

「あなたはあのとき……前回の事件の首謀者に、『なに』を伝えたの？」

ずっと、聞きたかった。

あの残酷な結末の謎を。

＊＊＊

それは、連続殺人とイヴの誘拐──一連の事件の終幕での出来事だ。

手を組みあわせて、主犯はジェーン・ドゥに祈った。

「我々、人間をお救いください」

「誰も」

「はい？」

「救わない」

「……えっ？」

リリスはその言葉を訳さなかった。ジェーン・ドゥは布越しに、主犯をじっと見つめた。

身をかがめ、彼女は主犯の耳元にナニカをささやいた。

瞬間、幼い子供の目の中に確かな絶望が灯《とも》った。呆然《ぼうぜん》と、主犯はつぶやいた。

「そんな……そんな」

「これが[redacted]」

「それなら、僕は……僕たちは」


無意味だ。


その言葉を最後に、主犯は己に魔術を使用し、透明な手を振りおろした。

死を恐れていたというのに、子供の体はぐしゃぐしゃぐしゃっと縦に潰された。

主犯は己を潰しきるまで、強固に術を維持し続けた。肉の間から、骨がすらりと伸び、半ばひき肉と化した醜い内臓が露出した。あとには『人間だったもの』だけが残された。

めちゃくちゃな骸《むくろ》の前で、ジェーン・ドゥは手を組みあわせた。

そして、彼女は今さらなことをささやいた。

「救い、あれ」

＊＊＊

アレは、いったいなんだったのか。

なぜ、主犯は自害したのか。

ジェーン・ドゥの言葉ひとつで。

うす紅《あか》い瞳に、エルは聖なる姿を映す。ジェーン・ドゥの目元は隠されている。彼女の瞳から、その表情をうかがい知ることはできない。だが、ジェーン・ドゥは口元にかすかな笑みを浮かべた。両の手を組みあわせて、彼女は祈るようにささやく。

「不要」

「心配はいらないと、ジェーン・ドゥさまはおっしゃっている」

「戯言《たわごと》の虚言」

「あのときささやいたのは、ただの戯言であり、虚言だと。主犯の心を折り、投降をうながすためだったのだと……ジェーン・ドゥさまへの、行きすぎた信仰心を折るような内容だ……まさか、彼女があのような行為にでるとは、予想の範囲外だったのだ」

「……そのわりには、驚かなかったじゃない？」

エルはたずねる。ジェーン・ドゥは、口元を動かした。

少しだけ頭をさげて、彼女はかすかに揺れる声でつぶやく。

「仮面の謝罪を」

「表情が動かないことを、ジェーン・ドゥさまは謝っておられる……しかし、これは謝る必要はないものと教会勢力としては思う。ジェーン・ドゥさまは凡人のように顔にはだされないだけで深く悲しんでおられるのだ。信じてもらいたい。なにも恥じることはない」

「…………そう」

「現に、おまえたちの助けになるように、我らは動いている」

迷いなく、リリスは言いきった。エルは口を閉じる。彼女たちの言葉は、具体的に嘘《うそ》だとは指摘できないものだった。だが、なぜだろう。信じたいという気持ちにはなれない。

いっそ、エルには不思議だった。

なにが、彼女の疑心へと訴えかけてくるのか。

エルの鋭さがふくまれたまなざしを受けて、リリスは息を吐いた。彼女の背中を、ジェーン・ドゥがつつく。緩やかに慈悲深く、ジェーン・ドゥはうなずいた。それに応え、リリスは馬車の座席に安置してある小箱を開いた。中から、彼女は細く美しい瓶をとりだす。染みひとつない純白の品を、リリスはエルにさしだした。

「疑うのならば、これを授けよう」

「これは?」

「五種族に効く霊薬だ。貴重な品だが……あなたの口からは、血がでている」

「あっ」

「腹に、大きな怪我《けが》を負っているように見える。他にも怪我をした者がいるだろう。使ってあげるといい……私たちは敵ではない」

最後はつぶやくように、リリスは告げた。

エルは白い瓶を見つめる。その蓋を開け、彼女はひと口を飲んだ。負傷していた内臓に、冷たさが染みわたる。嘘《うそ》のように痛みは消えた。そこでエルは臓器の一部が破裂していた可能性に思い至った。必死で動いてはきたものの本来は安静が必要な状態だったのだろう。

口元の血を、彼女はぬぐった。

「……エルさん」

「うん」

イヴの心配そうな言葉に対し、エルはうなずいた。彼女はひとまずの判断をくだす。リリスたちがいなければ、まちがいなく、エルとイヴは死んでいた。それは確かだ。

少し考えて、エルは頭をさげた。その礼だけはちゃんと告げておくべきだった。

「ありがとうございます。助かりました」

「疑心より愛を」

「疑いを晴らしてくれたのならば、こちらこそ感謝をと。みなの傷が治るようにと、ジェーン・ドゥさまはおっしゃっている」

疑いは晴れてなどいない。

ジェーン・ドゥへどういう感情を向けるべきなのか、エルにはまだ掴《つか》めていなかった。

だが、今は敵対は避けるべきだ。

エルはイヴへ――毒ではないことを確かめた――瓶を手渡した。それを、イヴもひと口飲む。潰れかけていた羽が、無事に伸びた。あとは、ノアと、エチルとシアンにも与える必要がある。一度目を閉じ、開いて、エルはたずねた。

「最後にひとつだけお願いします。スラム街まで、送ってもらえますか？」

「赦《ゆる》しを」

「かまわないと、ジェーン・ドゥさまはおっしゃっている。送ろう」

リリスが答える。彼女はオリハルコンで造られた、人工馬に命じて、馬車を走らせはじめた。誰からも見えない乗り物は道を急ぐ。音もなく、それは森の中を進んだ。

額を押さえて、エルは考える。天使警察本部のほうが安全だが、部外者が中に入るには手続きが必要だ。そのため、ルナとハツネたちはあの小屋にいるものと推測ができた。逃げきれていれば、そこに全員が集まっているはずだ。無言で、エルは席へと着く。頭をさげて、イヴも座った。リリスと、ジェーン・ドゥも向かいに腰かける。

やがて、ジェーン・ドゥは小さくつぶやいた。

「そして、女王の、加護あらん」

＊＊＊

「幸福と、幸運を」

「ここで、大丈夫です」

やがて、馬車はスラム街に着いた。

そこで、エルたちはジェーン・ドゥと別れた。イヴの棲家《すみか》の詳細を教える気にはなれなかったのだ。スラム街のどこへ行くとは告げずに、彼女とイヴは飛び降りる。

複雑な道を縫って、ふたりは壁に開いた穴を潜《くぐ》り抜《ぬ》けた。花の咲く、空地へと急ぐ。開けた場所にでるのと同時に、エルはイヴの小屋の前に人影が控えているのを確認した。

ぴんっと、ルナが耳を立てる。エルは片手をあげた。ルナもまた、大きく腕を振る。

「エルさん、イヴさん！」

「ルナっ、無事だった？」

「私は平気です。ノアさんも合流してます。でも、エチルさんとシアンさんと……なにより、ノアさんの傷がひどくて、今」

「エチル、シアン、ノア！」

「あっ」

　エルとイヴは小屋へと飛びこんだ。なぜか、ルナの制止のひびきをふくんだ声が追いかけてくる。だが、エルは止まらなかった。一刻も早く、三人の無事を確かめる必要がある。

　しかし、中に入って、エルは息を呑《の》んだ。ルナが止めようとした理由を、彼女は一気に理解する。後から来たイヴの目を、エルは咄嗟《とっさ》に両のてのひらで塞いだ。きれいに視界を奪われて、イヴは困惑の声をあげる。

「えっ、エルさん、なにも見えないですよ？」

「見なくていい！」

「えっ、ええっ、なにが？」

「というか、見ちゃダメ！」

　エルは、慌てて言った。

　この光景は、純粋なバディにはまちがいなく刺激が強い。

　目の前では、ノアがハツネの血を吸っていた。

　ペットの露《あら》わにされた上半身は艶《なまめ》かしく白い。

　その形のいい鎖骨付近に、幼い吸血姫は顔を埋《うず》めていた。痛みがあるのか、ハツネは時折、ぴくりと体を震わせる。逃げられないよう、ノアはその背中に手を回していた。ぐいっと、彼女は唇を押しつけ、ひときわ強く吸う。ハツネは背中をびくびくと震わせた。

　緩やかに、牙は一度肌から離れる。紅《あか》と銀の混ざった糸が煽情《せんじょう》的に伸びた。穴から零《こぼ》れ落ちた血を、トドメのように小さな舌が舐《な》めとる。

ついに、ハツネは甘い声を漏らした。

「……っ……ん、……あっ……っ！」

もう一度、ノアはその肌を噛《か》んだ。捕食者の表情で、彼女はハツネを貪り続ける。ぶるりと、ハツネは全身を強く震わせた。意識が混濁したのか、彼女は体から力を抜く。

ノアは自身よりも大きな背中を抱きしめた。そっと、彼女はハツネの頭を膝に乗せて、桃色の髪を撫《な》でる。続けて、ノアは小さな牙で己の指を裂いた。

紅《あか》く濡《ぬ》れたてのひらを、彼女は前にさしだす。

「エチル、シアン」

甘く、ノアは呼んだ。

横になっていた、エチルとシアンが目を開く。ゆっくりと身を起こすと、ふたりは這《は》いずった。犬のように、エチルとシアンはノアに近づく。指についた血を、ふたりは競うように舐《な》めはじめた。ノアの形のいい指に、やわらかな肉が絡みつく。

ぴちゃぴちゃと、濡れた音がひびいた。ふたりのメイドは、恍惚《こうこつ》とした顔をしている。

思わず、エルはつぶやいた。

「きょ、教育に悪い光景だ」

その間にも、エチルとシアンは血を舐め終えた。ふたりの唾液で濡れた指を、ノアは自身の口に運ぶ。ほほ笑みを浮かべ、彼女は新たに浮かんだ血の雫《しずく》を舐めた。

そこで、エルは気がついた。ノアの血を摂取することで、エチルとシアンの顔色は格段によくなっている。なるほどとエルは思った。エチルとシアンはノアの眷属《けんぞく》だったわけだ。吸血鬼は人間に血をわけ与えることで別の存在に変え、力を与え寿命を延ばすことができる。ふたりは吸血姫に選ばれ、彼女なりの祝福を受けた存在だった。

だが、そこで、エルは疑問に駆られた。彼女はうす紅い目を細める。

（眷属の血を、吸血鬼は吸うことができない……血を吸われている以上、やっぱり、ハツネは人間？　でも、なにかが、おかしくない？）

人間の血を吸えば、吸血鬼は多少は力を増す。だが、ノアに生じた変化の激しさはその範囲内に収まるものではなかった。ハツネの血を飲むことで、彼女の胸の傷は醜い痕を残しつつもほぼ塞がっている。ただの人間の血を飲むだけではありえないほどの回復ぶりだ。

しかも、もうひとつおかしな点があった。

ノアにより刻まれたハツネの噛み跡もまた、ほとんどが塞がっている。

異様な治癒速度だ。通常の人間では、ありえないことだった。エルの頭の中で、パチパチとピースがハマっていく。ハツネはただの人間で、その年齢や外見の維持はノアが行っているものと、エルは考えてきた。だが、もしかして違ったのかもしれない。一度も、ノアはハツネのことを『人間だ』と言ったことはなかった。エルが勝手にそう思っただけだ。ノアほどの吸血姫のペットであるのならば、本当はもっと特異な存在である可能性が高い。

イヴの目からてのひらを離しながら、エルはたずねた。

「もしかして、ハツネは人間じゃないの？」

その血は人のものではなく、

その肌も人のものでないのなら、

その者は人間であるはずがない。

だが、ならば、五種族のどの──、

エルの問いかけに、ノアは口元を緩めた。一方で、ハツネは苛烈な反応を見せた。

バッと彼女は起きあがる。そして、獣じみた鋭いまなざしでエルをにらみつけた。

「うるさい、おまえ……だから、だから、なに？」

「いや、だから、どうってわけじゃない、けど」

「じゃあ、黙って！　痛い……頭が、痛む」

ぐぐっと、ハツネは額を押さえた。その翠《みどり》の瞳から、ぼろぼろと涙が零《こぼ》れ落ちる。思わぬ反発に対して、エルは息を呑《の》んだ。彼女の前で、ハツネは激しく首を横に振りはじめる。

「思い、だせない……違う……思い、だしたくない……考えたくない……やだっ……やだってばあ！　やだああああああああああああっ！」

「ごめん、ハツネ。落ち着いて」

「ハツネさん！」

エルとイヴは声をかける。だが、ハツネは聞こうとしない。彼女はめちゃくちゃに虚空を掻《か》く。その爪は、ハツネ自身の顔へと向けられた。彼女が肌を掻きむしろうとした時だ。

小さなてのひらがハツネにそっと触れた。

幼い手が、桃色の髪の毛を優しく撫《な》でる。


「ハツネは、ハツネよ」


優しく、同時に絶対の威圧をもって、ノアは言いきった。その顔には愛《いと》しいペットへのみ向けられる、やわらかな笑みが浮かべられている。涙の浮かんだ目で、ハツネは彼女を見返した。その瞳の中に、やはり親愛の色はない。だが、溺れる者が救いの手にすがるかのごとく、彼女はノアに触れた。幼子に言い聞かせるように、吸血姫は温かくくりかえす。

「ハツネは、ハツネ」

ほかのなんでもないのだと。それだけでいいのだとノアは語る。

その肯定に対し、ハツネはこくりとうなずいた。涙が途切れる。

ようやく、彼女は泣き止《や》んだ。

よかったと、エルとイヴは安堵《あんど》する。

そのまま、小屋の中は重い沈黙に包まれた。

ふたたび、ノアはハツネに膝枕をする。不機嫌な目をしながらも、ハツネは大人しく横になった。その頭を撫《な》でて、吸血姫は半ば無理やりペットを落ち着かせる。

歌うような声で、ノアは語りだした。

「そう、『借り』の代償とはいえ、あなたたちには思わぬ迷惑をかけている……本当はこんな無様を晒《さら》す予定もなかったのだけれども、しかたがない。だから、もう少しだけ語ろうと思うの。紐《ひも》解《と》きましょう、懐かしいひと幕を」

『最後の狩人《かりゅうど》』と、吸血姫について。

「あの夜、ノアリスの戦いの結果はどうなったのかを」

＊＊＊

ノアリス・クロウシア・ノストゥルム。

彼女は心臓を貫かれ、首を刎《は》ねられた。

絶対的で、最強の吸血姫は殺害された。

今はもう、彼女はいない。

「……待って、それじゃあ、アンタはなんなの？」

「だから、『ノアはノア』なの。ノアは『ノアリス・クロウシア・ノストゥルム』とはある意味、別の存在……彼女の残滓《ざんし》のようなもの……正確には、ノアは『黒き灰』なの」

よくわからないことを、ノアは語る。

同時に、エルは吸血鬼という種族の死に際を思いだした。

彼らはまず黒い灰に変わり、完全に命が尽きると白い灰へ変わる。ならばいったい、人形《ひとがた》をしているノアが黒い灰とはどういう意味か。エルの疑問の視線に対し、ノアは応えた。

「『ノアリス・クロウシア・ノストゥルム』ほどの吸血鬼ともなれば、一度死んでも灰にはならない。代わりにひと回り弱い体へと変化する。ノアは、彼女の黒き灰と同じ。このノアが死んだときにこそ、彼女は黒を飛ばして白い灰になるの」

「待っ、て。それじゃあ、今のアンタの力は全盛じゃないの？」

思わず、エルはたずねた。

先日の事件のさい、ノアは敵に対して一方的な力を振るった。彼女は惨殺と殲滅《せんめつ》と暴虐を見せた。だというのに、ノアの力は最盛期にはほど遠いというのか。

問いかけに、ノアはうなずいた。淡々と、彼女はささやく。

「だって、『ノアリス・クロウシア・ノストゥルム』は『始祖』さまよりも強かった」

呆《あき》れたと、エルは息を吐く。同時に、彼女は恐怖を覚えた。

ならば、その吸血姫を殺した『最後の狩人《かりゅうど》』はどれだけ強いというのか。

墓から蘇《よみがえ》ったという、彼に、敵《かな》う術《すべ》などなにもないのではないだろうか。

だが、ノアは首を横に振った。

「彼も衰えた。昔の強さはない。とうぜんでしょう？　もしも、彼がかつてと同じなら、すでに全員が殺されているから」

「そう、か……なら、勝算は？」

「ある。それに弱くなろうが、彼は怨敵。ならば、『ノアリス・クロウシア・ノストゥルム』との絆《きずな》は絶対。ノアリスと彼は、共に最後の舞台にあげられた者たちなのだもの。必ず、彼はノアを求めてくるはずだから、勝負を焦る必要は……」

そこで勢いよく小屋の扉が開かれた。

蜂蜜色の暴風が――ルナが顔をだす。

その表情を見て、エルは目を大きく開いた。ルナは珍しく怯《おび》え、また恐怖もしている。

喉を詰まらせ、ルナは数度咳《せき》をした。それから、前髪をぐしゃぐしゃと掻《か》き乱すことで、情報を整理したようだ。必死に息を整えると、ルナはなるべく抑えた声で訴えた。

「みなさん、落ち着いて聞いてください。天使警察本部に十を超える吸血鬼の首が投げこまれました！　その襲撃によって、天使も一部の人員が犠牲になったとのことです。片腕のない敵は、今まで身を潜めていた狩人の末裔《まつえい》も数名連れており、声明を……」

「声明？」

ノアは首をかしげた。その目の中には深い困惑が浮かんでいる。

確かにそれはおかしかった。この夜の――狩人の戦いの――すべてがノアとの因縁にもとづいているのならば、そんなものがだされるはずがないからだ。吸血姫は友の変わり果てた姿を前にしたような、純然たる混乱も露《あら》わにする。そんな彼女に向けてルナは告げた。


「『女王の冠を求める』だ、そうです」


ここは匣庭《はこにわ》。

女王はひとり。

やがて、民は知る。

千年の安息が続いた幸福と、幸運を。


思わず、エルは唇を噛《か》んだ。

彼女は女王にまつわる世界の真実――隠された裏側――を探っている。

だが、ここで女王という単語がでてくるとは思わなかった。もしやこの夜は単なる吸血鬼狩りではないのか。自分たちの追う秘密に繋《つな》がる、他種族にもあまねく関係する事件だとでもいうのか。

考えながら、エルはノアにたずねた。

「また、女王？　これは単なる、吸血鬼と狩人《かりゆうど》の戦いにはとどまらない？　しかし、冠とはなに？　誰に、なにを求めている？　ねぇ、わかる、ノア？」

「……そう」

「ノア？」

「『ノアリス・クロウシア・ノストゥルム』のことを求めない……もう、あなたは本当にあなたではないのね。それならば、これは決闘の再来ではない。急いで殺さなければならない。全力で、仕留めなくてはならない。それが、あなたの運命の怨敵である、ノアの役目だと思うから。ああ、それにしても、なんて」

悲しい。

とても、とても悲しいこと。

ノアはつぶやいた。緩やかに、彼女は目を閉じる。しばらく、ノアは死者にも似た沈黙を続けた。けれども、次の瞬間、彼女は立ちあがった。その膝から、ハツネが転がり落ちる。ペットは文句を言おうとした。だが、飼い主の顔を見て、口を閉じる。

凛《りん》と、ノアは紅《あか》い目を光らせた。厳かに、彼女は唇を開く。

「『すべての同胞は聞け』」

無数の声がひびいた。

ノアの声は、ノアの口以外からも発せられた。

エルは理解する。鼠《ねずみ》や鴉《からす》、獣や信奉者の喉を通って、吸血姫の言葉は世界にひびきわたっていた。弱き者にも強き者にもすべての同胞へ向けて、彼女は強制的に語りかけている。

唯一絶対の姫の権威のもと、ノアは告げた。

「『我らが一族に害なす者が、罪を背負いし、我の意に反する者が現れた。我こそが息を止めねばならぬ者が、今なお鼓動を刻んでいる。それは認められぬ。それは放置してはおけぬ。故に我が伝える。我が許す。我の望む者の首を奪え——返事はひとつだ』」

スウッと、ノアは息を吸いこむ。指揮者のように両腕を広げ、彼女は王者の圧で命じた。


「『喝采で応えよ』」


瞬間、確かに、エルは万雷の拍手を聞いた。

口笛の音と、泣きながら叫ぶ熱狂の声を耳にした。

そうして、吸血姫——ノアは同胞たちへと訴える。

「『今宵《こよい》、狩りをはじめよう。狩人どもを屍《しかばね》に堕《お》とせ』」

今日の月は冴《さ》え冴《ざ》えと白い。だが、エルは思った。
朝が来るまでのわずかな時間。紅《あか》い夜がはじまる。
狩りの時間が、幕を開けた。
終わるまでは、止まらない。

# 第五幕　喝采せよ！

あなたたちも戦うようにと、ノアは告げた。

ただし、無様に逃げても今回ばかりは殺しはしないと。

「吸血鬼との契約は絶対。本当は死ぬまで使ってもいいのだけれども」

相手が、相手だから。


慈悲深く、ノアはエルにささやく。その穏やかな調子の声を聞き、彼女は悟った。

『最後の狩人《かりゅうど》』は、ノアにとってそれだけ特別な存在なのだろう。

ふたりの関係を、エルは詳しく知らなかった。わかっている事実といえば極わずかだ。

かつて、『最後の狩人』と吸血姫は、種族のすべてを賭して戦った。その末に、以前のノアは殺害された。伝説的な一幕を最後にして、吸血鬼と人間との戦いも終わりを告げた。

そこにあるのは憎悪か。

それとも違うなにかか。

語ることなく、ノアは小屋の外にでた。月光を浴びながら、彼女はくるりと回る。

黒いドレスが儚《はかな》く躍った。華麗に、神秘的に、ノアは問いかける。

「それで、エルたちはどうするの？」

「戦う……でも、悪いけどそれはアンタのためじゃない。『借り』を返すためでもない」

続けて、エルはイヴと共に外に出た。迷いなくノアの目を見つめながら、エルは告げる。

ノアに彼女は『借り』があった。狩人《かりゅうど》による吸血鬼への無差別な殺害行為も、天使警察としては防がなくてはならない。加えて、今は、天使警察自体にも負傷者が生じてもいる。

だが、それ以上に、エルは先のことを鋭く見据えていた。

ゆえに、彼女は決意を口にする。

「『女王の冠』と狩人は言った。この戦いはきっと、『世界の真実の裏側』に繋《つな》がっている。あの夢以来わかるの。恐ろしい真実が別にある。それを基に糸を引いている存在がいる」

「ならば、私たちも戦います。それが、天使と悪魔がバディをなしている、意味だから。私とエルさんが、逃げないと決めた理由だから」

「そう……えらいのね」

ふわりと、ノアは笑った。それは息を呑《の》むほどに美しく邪気のない、無垢《むく》な笑顔だった。

そして、彼女は軽やかに囀《さえず》る。

「なら、戦って――生きるか、死んで？」

煽《あお》るように、歌うように、ノアは紡ぐ。

「わかった」

「はいっ！」

臆することなく、エルとイヴはうなずいた。

霊薬を飲むことで、枯渇した魔力の充填《じゅうてん》も済んでいる。いくらでも、戦うことができた。

逃げはしない。ここで目を背ければ日常はもどってくるだろう。だが、ふたたび、事件に纏《まつ》わるすべての謎は隠されたままとなる。ならば、戦って少しでも真実を掴《つか》みとるべきだ。

そう、エルとイヴは決めていた。

この深く暗い夜を越えてみせると。

エルとイヴはノアが動くのを待つ。そのまま、吸血姫は月光を浴びて清楚《せいそ》に立ち続けた。

彼女の銀髪が、濡《ぬ》れたように光る。けれども、その口元からは、不意に笑みが掻《か》き消えた。

王者の威圧をもって、彼女はささやく。

「そろったか」

瞬間、エルは気がついた。

その周囲には百を超える吸血鬼が控えている。

全員が、ノアへ向けて首《こうべ》を垂れ、跪《ひざまず》いていた。

＊＊＊

「ノアリス・クロウシア・ノストゥルムさま」

限りない羨望と忠誠の混ざった声が呼ぶ。それに、ノアはただ冷たく応えた。いつものやわらかな口調は捨てて、『ノアリス』の遺志を継ぐ命令者として、彼女は告げる。

「間違えるでない。今の私はただのノアだ。ノアリス・クロウシア・ノストゥルムは死んだ。この身はその黒き灰にすぎない」

「……これは失礼しました、ノアさま。それでも、あなたさまは暗闇の中の月光、私どもの唯一の姫です。精鋭は皆、あなたさまのもとに集いましてございます。小屋の中にいらっしゃったご友人と愛玩対象は、先ほど避難をさせましたので、ご安心を」

うん？　と、エルは後ろを振り向いた。

いつの間にか、小屋の扉が開いている。ノアとふたりが話している間に、集まった吸血鬼たちはこっそりと動いていたらしい。ルナとハツネは移動をさせられたようだ。その行動には敵意が含まれていなかったため、エルは言われるまで気づかなかった。

無力な少女たちを安全なところへ逃がしてくれたのならば、ありがたい話だ。そう、エルが考える間に、吸血鬼はノアへの報告を続けた。

「この場に足を運ばなかった者もおります。ですが、弱き同胞は一族の滅亡を防ぐために各々の館に残ることといたしまして……」

「赦《ゆる》す、よき判断だ」

「ありがたきお言葉」

深々と、燕尾服《えんびふく》姿の貴族は頭をさげた。蒼《あお》に近い髪色の、美しい吸血鬼だ。男性かと思えば、女性らしい。ほかにも、様々な装いの者たちがそろっていた。その多くは貴族のようだ。だが、中にはありえないほどボロボロの姿の者も交ざっている。まるで貧弱か、落ちぶれた道化のよう。だが、そう見せかけて、彼らこそが生きるのにも飽きた強者なのだ。

そう、エルは察した。ここにそろったのは一流の怪物ばかりだ。

軍勢を前に、ノアは月を仰ぐ。ぽつりと、彼女はつぶやいた。

「『始祖』さまはまた高みの見物か……あの御方《おかた》はいつもそうであるな。我が一族を動かしていいだけ、僥倖《ぎょうこう》というものか」

「ノアさま、我らにご命令を」

我らにご命令を！　と無数の声が重なった。エルは驚愕《きょうがく》する。吸血鬼は孤高を掲げる一族なのだ。彼らがただひとりの命令に従い、狼《おおかみ》の群れのごとく動くのは異常事態であった。

つまり、それだけ、吸血姫の招集は絶対だということ。

その混沌《こんとん》の中心で、指揮者にふさわしいカリスマを持つ存在は口を開く。

「喝采せよ、喝采せよ！」

彼女は謳《うた》う。
彼女は語る。
彼女は紡ぐ。

「喝采せよ！　喝采せよ！　勝とうと。負けようと。生きようと。死のうと。栄えようと。滅びようと。喝采せよ！　手を叩《たた》き、歌を紡ぎ、足を鳴らし、戦え！　闘え！　争え！　我らは吸血鬼なればそこに悲しみはなく、愉悦だけをもて——喝采せよ！」

手が鳴らされる。歌が紡がれる。足踏みがひびく。地が揺れる。
まるで、この場は宴《うたげ》か舞台であるかのように。吸血鬼は死の歌劇を見せる。
夜闇自体が躍った。吸血鬼は子供のごとく騒ぐ。その中心で、姫は両腕を広げた。
彼女は声をあげる。オペラのソロを務める、歌姫のごとく。高らかに。高らかに。
「さあ、戦おうぞ、殺しあおうぞ」
百の拍手と千の歓声の中、
吸血姫は、紅《あか》い目を開く。

「敵は来たれり」

瞬間、ひとりの吸血鬼の全身に針が突きたてられた。その先端には毒が塗られていたらしい。ぶつぶつと肉が弾《はじ》けた。猛烈な勢いで腐食し、吸血鬼は一瞬で白い灰へと変わった。

まるで、塩の柱にされたかのように。

いつのまにか、スラム街の空き地は人影に囲まれていた。演説をはじめたときから、ノアはこの展開を予想していたのだろう。欠片《かけら》も動揺を見せることなく、彼女は敵を睨《にら》んだ。

中のひとり――『最後の狩人《かりゅうど》』ではない――若い男が立ちあがった。

鼠《ねずみ》色のコートを着た人間だ。恐らく、今までは身を潜めていたという狩人の末裔《まつえい》だろう。

どうやら、彼がこの場の代表らしい。大口径の銃を手に、男は声を張りあげた。

「我ら、狩人の末裔。人間自体が認めずとも、我らは一族の遺恨を長く抱えてきた」

すうっと、彼は息を吸いこむ。他の末裔たちが応えた。全員が、各々の武器をかかげる。

そして、狩人の血をひく者は訴えをひびかせた。

「我ら、伝説たる『最後の狩人』の協力要請のもとに、ふたたびここに集った！　今こそ、戦いのときだ！　下等種族の嘆きを聞くがいい、吸血鬼！」

「よかろう、よかろう！　よくぞ吼《ほ》えた！　地を這《は》え、血を舐《な》めよ！　屍《しかばね》に堕《お》ちよ、狩人！　行くぞ、我ら、喝采せよ！」

ふたつの陣営が動く。無数の影が交錯する。

イヴと共に、エルは銃を構えて駆けだした。

「行こう、イヴ！」

「戦い、ですね！」

この夜を、生き抜くために。

＊＊＊

人が裂かれ、吸血鬼が裂かれ、人の首が飛び、吸血鬼の首が飛ぶ。

地面に転がるまだ脈動する心臓は、どちらのものだかわからない。

辺りには地獄が広がった。

それなのに両陣営ともが笑っている。過去の吸血鬼と狩人《かりゅうど》の戦いが、再開されようとしていた。かつて、狩人は吸血鬼を滅ぶべき怪物と断言した。吸血鬼は、狩人を自らの手で血祭りにあげると決めた。そのころと同じ熱に浮かされた戦闘が、目の前でくりひろげられていく。だが、遺恨の争いに、自分たちまで呑《の》まれてはならない。

そう、エルは気丈に己を保った。歪《いびつ》な殲滅《せんめつ》戦の中で、彼女は目的と標的を定める。それに向けて、行動を開始した。バディを振り向いて、エルは告げる。

「こっちだ。ついて来て」

「了解です、エルさん！」

斧《おの》が投げられ、銀の弾丸が飛んだ。

剣呑《けんのん》な広場を、彼女たちは駆ける。

目の前で、女性の狩人が仕掛け鎌を振りあげた。だが、隙が多い。一瞬で、エルはその支点となっている胸を見極めると蹴りつけた。まっすぐに押し倒す。その顔を踏みつけて、エルは先を急いだ。謝りながら、イヴも後に続く。しばらく進んで、エルはイヴを止めた。

「待って」

「うあっ」

太った男の狩人が、火炎放射器の火を噴き散らしていた。

背後から近寄った吸血鬼が、その首を毟《むし》る。だが、頭部をちぎられながらも、男は炎を吸血鬼へと向けた。おぞましい絶叫が響く。脂肪の焼ける、胸の悪くなる匂いがした。だが、辺りの人員から少女たちへの注意は削《そ》がれた。エルは半泣きのイヴへと声をかける。

「今のうち」

「は、はい」

肉の燃える熱に炙《あぶ》られながら、エルとイヴは先へ向かった。

やがて、彼女は無事標的を見つけた。

代表格の若い狩人《かりゅうど》が、イヴの小屋の扉を外し、盾にしている。

目的の前まで来られたことに、エルはほっとした。一方、イヴは絶望の声で叫んだ。

「私のお家《うち》いいいいいいいいいいい！」

「今度はもっと大きいのを建てよう！」

簡潔に、エルはイヴを慰めた。そもそも、この戦いの中にあっては、脆《もろ》い家など破片も残らないものと早々に予測がついていた。案の定、誰が放ったものか、家に火が点《とも》される。

ああああと、イヴは悲痛な声で嘆いた。家の燃える眩《まばゆ》い光を背景に、エルは声をかける。

「そこのアンタ！」

「ああっ？」

鼠《ねずみ》色のコートを着た若い男が振り向いた。先ほどノアに開戦の声をかけた狩人だ。

エルに大口径の銃を向けかけて、彼は止めた。目を細め、若い男は首を横に振る。

「……天使に、悪魔？　しかも、種族の中ではまだ若い娘とくるか。おいおい、なんでこんなところに部外者がいるんだ？　危険だぞ」

「そんなことより！　アンタ、遺恨って言ったけど、この戦いには正義も大義もない……それなのに、狩人の末裔《まつえい》ともあろう者が戦うっていうの？」

「なにを言ってやがる、あるだろう？　正義も、大義も」

これだと、エルは拳を握った。

やはり、この夜はただの狩人と吸血鬼の怨恨戦ではないのだ。人間側には『女王の冠』

に象徴される別の目的がある。それを餌とされて、末裔たちは便利な歩兵の駒として、戦闘に駆りだされたのだ。彼らが釣られたものこそを、エルたちは探らなくてはならない。

落ち着いた声を意識して、彼女はたずねた。

「聞かせて、アンタの正義」

「それは……」

「語れないの？　なら、大したことないんだ」

くすりとエルは鼻で笑う。わかりやすい嘲りをあえて目に浮かべて、彼女は腕を組んだ。

まだ若い狩人は、唇を噛《か》んだ。乱戦の中にあることを忘れたかのように、彼は口を開く。

「大したことある。教えてやるよ。この戦いは、吸血鬼に殺された我らの先祖の遺恨を晴らすためであり、なにより……」

人間という種族のためなんだ。

＊＊＊

術師が死のうと。

自身が死のうと。

他者が死のうと。

人間を殺そうと。

すべては尊き犠牲にすぎない。

だって、人間という種族のためなのだから。


——それが、前回の事件における主犯の考えだった。

まただとエルは思う。

また、人間のためだ。

（いったい、なにが起こっている？　裏で、なにが糸を引いている？）

最下層種族の嘆きを利用しつつ——それを世界の真実と紐《ひも》づけることで——誰かが事件を招いている。そうエルは判断した。同時に、彼女は動揺を表情にだすことはしなかった。

どこまでも冷静に。末裔《まつえい》に自省をうながすかのごとく、エルは問いかける。

「詳細を、聞かせて？」

「その前に教えろ……もしかして、おまえも『女王の冠』を狙う者か？」

「……『女王の冠』を狙う？」

「意味がわからないのならば、俺たちの敵ではないか……だったら、話なんかいいから早く逃げろ……巻きこみたくは」

「いいから、答えろ！」

若い男の気遣いを、エルは切って捨てた。愛らしい少女とは思えない剣幕《けんまく》を向けられて、彼は息を呑《の》む。うす紅色の目に、エルは若い男を映した。見つめあうことで、彼もエルの本気を悟ったらしい。また、その内側にはかすかな迷いも生まれたようだ。

ためらいながらも、若い男は事実確認をするかのように言葉を紡いだ。

「俺たちは狩人《かりゆうど》の伝統的な方法で送られてきた手紙で知ったんだ。この世界は女王の作った匣庭《はこにわ》だって事実をな。千年ごとに『贈り物』の儀があって、そこで選ばれた種族が世界を制する……だが……」

「だが？」

「『女王の冠』を手に入れられれば話は別だ。そう、本当に大切なのは冠なんだ。女王じゃない……それ、さえ……」

瞬間、その顔は横にズレた。べしゃりと、男の顔の上半分が地面へと滑り落ちる。

人のよさそうな目とよくしゃべる口は泣きわかれた。ぶしゅっと、切断面から愉快に血が噴きだす。残された舌が、芋虫のごとく無意味に蠢《うごめ》いた。そのまま、しばくの間が空く。

突然、糸が切れたかのように、鼠《ねずみ》色のコートに包まれた体は倒れ伏した。

あとには、鴉《からす》のような重い黒に、身を包んだ男が立っていた。

巨大な獣にも似た、静かな威圧を前にして、エルは息を呑む。

彼こそ最強の敵。

『最後の狩人《かりゅうど》』だ。

突きつけられた事実に絶句し、エルは目を見開いた。

なんということだろう。今、狩人が末裔《まつえい》を殺したのだ。

だが、この乱戦の中にあっては誰もそれを目撃してはいなかった。吸血鬼と狩人の戦いの大局へ今のところ味方の殺害行為は影響を及ぼさない。また、『最後の狩人』が末裔たちを招いた理由は、必ず絡んでくる、その他大勢の吸血鬼と潰し合わせるためと思われた。バレようが気にはしないだろう。

その証拠のごとく、『最後の狩人』は、実に静かにエルを目に映した。

彼の瞳の中には感情がない。ただ殺戮《さつりく》の意志だけがかがやいている。このままではエルは無惨に殺されるだろう。塵《ちり》のごとくガラクタのように。そう、彼女が悟った瞬間だった。

「危ないときにこそ」

「メイドの出番です」

明るい声と冷たい声が、暗闇を切り裂いた。紅《あか》みがかった髪と、青みがかった髪が並ぶ。

エチルとシアンが、エルたちの前へと立った。宝石のような、色の異なる双眸《そうぼう》がまばたく。

最強の敵を前に、彼女たちは悠々と言った。

「リベンジを」

「果たします」

八のナイフと細い槍《やり》がかまえられた。

舞うように、メイドたちは動きだす。

いかにもノアの従者らしく。

ワルツでも踊るかのように。

＊＊＊

ナイフ使いのエチル・フロール。

槍使いの、シアン・フェドリン。

ふたりが何者かを、エルは知らない。同時に、知ってもいる。

彼女たち自身にも、『己が何者なのか』は、わからないのだ。

その本当の名は失われた。

あるいは、『本当』など、最初からどこにもなかったのかもしれない。ふたりの名前は——彼女たちが元の家を完全に忘れるためにと欲しがったので、姓もふくめて——ノアが趣味でつけたものだった。特に意味なく、吸血姫は音で決めた。

だが、ふたりはそれを気に入っている。

従者たちについてノアはかつて語った。

『あの子たちは、ノアを殺しにきたの』

あるところに、金を積まれればどのようなことでも請け負う一族がいた。

襲撃でも。紛争でも。破壊でも。強姦《ごうかん》でも。拷問でも。

暗殺でも。

子や妻はすぐに死ぬため、彼らは孤児を買って『武器』として教育した。人としての心を削り、肉体を鍛え、壊す限界まで調律した。その中に、よく似ているが正反対の少女たちがいた。彼女たちは似ていない姉妹なのか、そっくりな他人なのか。本人たちにすらわからなかった。確かなのは、ふたりが互いをよすがに正気を保ち続けたこと。その一族があろうことか吸血姫に手をだしたこと。死んでもいい駒として、ふたりをさし向けたこと。

そして姫が、彼女たちにトドメを刺さなかったこと。

『はじめは殺そうと思ったのだけれど、そのとき、夜空を星がふたつ流れたの』

たったそれだけで、運命は変わった。

姫はふたりに問いかけた。生きたいか生きたくないか。死にたいか死にたくないか。どちらでも選ぶといい。叶《かな》えるとは言わない。助けるとも決めていないが言ってみるといい。

顔を見あわせてから、ふたりは答えた。

ふたりならば、生きたい。

吸血姫は大層気にいった。

かくして、ノアのもとには——よく似ているが、正反対でもある——メイドが仕えることとなったのだ。エチルとシアンは対の武器。彼女たちは決して弱くはない。むしろ強い。

それを証明する動きを、ふたりは見せた。

「ふっ！」

「はっ！」

高く飛んだエチルが、上から無数のナイフを放つ。

同時に、地に立ったシアンが、下から槍《やり》を突いた。

狩人《かりゅうど》は、わずかに顔を逸《そ》らすことで鋭い穂先を避《よ》けた。また、マントを広く頭上に投げることでナイフを防いだ。分厚い布にぶつかってナイフは威力を失い、無効化される。

だが、エチルもシアンも、その対応については予想済みだ。

宙に一瞬静止したマントの上に、トンッとエチルは足を置いた。

曲芸のように前転して、彼女は狩人の背後からナイフを投げる。シアンは槍が前へ進む力を、そのまま横へと転化させた。速度を殺すことなく、彼女は狩人の肉を裂こうとする。

二箇所からの同時攻撃がくりひろげられた。

大剣を振るい、狩人はナイフを払い落とした。だが、その顔に槍が食いこむ。

頬《ほお》と唇を、刃《やいば》がうまく裂き――。

「なにっ？」

「あらっ？」

シアンは驚きの声をあげた。エチルは愉快げに笑う。

狩人は口内に食いこんだ槍を噛《か》むことで止めたのだ。

片頬の筋肉が切断されているというのに、恐ろしい力だった。

歯に挟まれて、槍《やり》は抜けなくなる。それを、シアンは強引に引き抜こうとした。だが、無力化された武器に固執したのはよくなかった。狩人《かりゅうど》は、ぐっと槍を掴《つか》むと横へ振った。

「あ、っ！」

「シアン！」

シアンが宙を舞う。彼女は燃える小屋へと叩《たた》きつけられかけた。

瞬間、エルは跳んだ。ふたりの連携の邪魔になるからと見ていたが、今は動かなくてはならない。全身で、エルはシアンを受けとめた。だが、威力を殺しきることは無理だった。

燃え盛る炎へ、エルたちは近づいていく。

「ぐうっ」

「エル、さん！」

よろめいた体を、さらにイヴが支えてくれた。炎にごく近い位置で、三人はなんとか止まる。危ういところだった。熱が顔を炙《あぶ》るのを感じながら、エルは身を起こした。イヴは安堵《あんど》の息をつく。その前で、ひとり残されたエチルはナイフを構え直した。

「——続けます」

エチルは戦闘を続行する道を選んだ。ふたたび、波状に、彼女はナイフを放つ。だが、狩人は剣を手元で動かすだけですべてを弾《はじ》き落とした。バラバラとナイフは地に落ちる。続けて、狩人はエチルに斬撃を放った。華麗に宙を舞って、エチルはそれを躱《かわ》す。だが、遅い。当然のごとく、狩人は追撃しようとした。黒い暴風が、エチルへ肉薄する。

彼女を救うため、エルは拳銃を放とうとして――止《や》めた。

月に影がさしたからだ。

メイドたちはささやく。

「ご自由に、お嬢さま」

「存分に、ご主人さま」

「ええ、そうする」

白い羽をひらめかせて、ノアが落下した。

そして、彼女は『最後の狩人』の首を刎《は》ねた。

＊＊＊

隙はつけた。

不意は打てた。

確かにそのはずだった。

断頭台にかけられたかのごとく、『最後の狩人《かりゆうど》』の首は外された。

いっそ美しいとすらいえる、滑らかな切断面が覗《のぞ》いた。だが、狩人は動いた。自身の落ちゆく頭をひょいっと手で支える。それを、彼は冗談のようにつけ直した。

ありえない光景が、あまりにも自然にくりひろげられる。

同時に、エルはその致命的な事実にようやく気がついた。

「待って……なんで、両腕があるの？」

その右腕はノアに切り落とされていた。更に、エルの射撃の防御に使ったため、回収することも不可能なはずだった。また当然のことだが、通常、切断された首を戻せはしない。

以上の事実から、導きだされる答えなどひとつだけだった。

その腕は人のものではなく、

その首も人のものではないのなら、

その者は人間であるはずがない。

「……あなたは、もう、あなたではない。そう、わかってはいた。けれども、もう、人ですらないの？　かつては人間の代表だったというのに、ここまで変わり果てたとは、ね」

悲しげに、ノアはささやく。

その前で『最後の狩人』は首の癒着面を蠢《うごめ》かせた。歪《いびつ》な痕はぼこぼこと盛りあがり、塞がる。元通りに、首は繋《つな》がった。それを見て、エルは悟った。不安げな声で、イヴが言う。

「エル、さん……これって」

「うん、最悪。そのとおりだ」

考えは同じだった。この狩人は殺せない。なにせ、頭を切り落としても死ななかったのだ。ならば、もう勝つ術《すべ》などなかった。それに、『最後の狩人』から大きな隙は失われた。彼は大剣をかまえる。今までとは状況が異なった。反撃をしても無意味だと、エルたちは知っている。すぐにでも逃げなければ殺されるだろう。だが、逃げるための余裕もない。

その時だ。

「姫君！　お逃げあれ！」

男装の麗人が叫んだ。大事な姫の危機に気がついたらしい。他の吸血鬼たちが、ノアを逃がすべく前にでる。それを狩人の末裔《まつえい》たちが邪魔しようとした。

「姫さま、今、参ります！」

「逃げようとするなぁっ！」

『最後の狩人』の前で、かんたんなつばぜりあいがくりひろげられる。

その間に、ノアは後ろへ下がった。

彼女を追って、『最後の狩人』は無差別に大剣を振るった。衝撃に打たれて、麗人の吸血鬼と、狩人の末裔のひとりがバラバラの肉片にされた。切断された欠片《かけら》と、衝撃のせいで爆散した内臓が、無惨に辺りに振りまかれる。今度こそ、『最後の狩人《かりゅうど》』による末裔《まつえい》の殺害は目撃された。一度、空気はぴたりと凍った。それから、徐々にざわめきがはじまる。

吸血鬼たちは叫んだ。末裔たちは困惑の声をあげる。

「姫さまをお守りせよ！」

「なん、だ、と。なぜ」

疑問の声は、斬撃に裂かれた。

どうせ、彼らは駒にすぎない。

皆が斬られる。斬られる。斬られた。斬られる。斬られ、切られ、斬られ、斬られ、切られ、斬られて、刻まれて、抉《えぐ》られて、切断されて、斬り伏せられて、バラバラにされる。

肉の盾が、何個も破壊された。

ノアの号令のもと、吸血鬼たちが集っていなければ終わっていた。そう、エルは悟った。彼らの存在がなければ、ノアはすでに殺されている。精鋭たちは糸で剣で羽で、姫を守ろうとした。だが、ついに潰《つい》える。多くが殺され、生きている者も地へ伏せていた。

仲間すらも殺して、『最後の狩人』の剣はノアに迫った。

まぬけなことに、エルは動けなかった。イヴも同じだ。まるで芝居の終幕を見るかのように、彼女たちは吸血姫の終演を目に映す。だが、エチルとシアンは最後の盾になろうとした。瞬時に走り、ふたりはノアに覆いかぶさる。しかし、そんな行為に意味などない。

「あなたたち」

「最後まで」

「お仕えを」

ノアはふたりを抱きしめた。三人ともが殺害される。だが、その寸前のことだった。

「おまえに『女王の冠』を与えよう！」

高い声が凛《りん》と歌った。

『最後の狩人』をふくむ、僅かな生き残りの視線が声の主へと集まった。

いったい、誰が『女王の冠』を歌ったのかと。不遜にも口にしたのかと。何者であれば、そんな言葉を口にできるというのかと。猜疑《さいぎ》のこめられた視線が次々と相手へ突き刺さる。

その思わぬ姿に対して、エルは息を呑《の》んだ。

そこには、ハツネが立っていた。

ルナを振りきり、彼女はただひとりで駆けてきたものらしい。

荒く、ハツネは息を吐いた。右手で、彼女は乱暴に汗の伝う頬《ほお》を擦《こす》る。今にも泣きそうな、それでいて、怒りに染まった顔で、ハツネは続けた。

「『女王の冠』が欲しいのならば、目標はその吸血姫ではない！　彼女の手元に置かれている、私のはずだ！　そうでしょう？」

悲痛なほどの勢いで、ハツネは叫ぶ。

いったいどういうことだと、エルは思った。

もしや、狩人《かりゅうど》のだした声明は、ノアではなく、そのペットに向けられたものだったというのか。彼女を動かすためのものだったのか。だが、そんなことが果たしてありえるのか。

なにもかも、わけがわからない。

混乱するエルの前で、ハツネは口を開いた。

人間に見せかけて、そうではない少女は真実を語る。人ではなく、他の四種族にも該当しないというのならば、その身は何者なのかと。狩人たちが、求めていたことについてを。

「女王の血族である私は、冠までの道を知っている！」

＊＊＊

「だから、私を連れていくがいい！　でも、もう誰も殺すな！　殺せば舌を噛《か》んで死んでやる！　傷は治るけれども、肉を呑《の》みこんで、自分の血に溺れての死を選ぶ！　いい？　本気だから！」

拳を握りしめて、ハツネは告げた。それは安い脅し文句だ。まるで地団駄を踏む、子供

のようなセリフだった。だが、そう見せかけて、彼女は本当にやる気だと、エルは悟った。

誰かが死ねば、ハツネは怒りとともに舌を噛《か》みきるだろう。

まるで、ワガママで誇り高い、令嬢のごとく。

悲痛で絶対的な覚悟を前に、『最後の狩人《かりゅうど》』は、ゆっくりと大剣をさげた。殺害の意志はもうないことを、彼は言外に示す。無言のまま、『最後の狩人』はハツネへと近づいた。

睨《にら》むように、エルは気がつく。ハツネはその姿を見つめる。一方で、ノアは動かなかった。

エルは気がつく。猛攻の中で、ノアは右足の一部を深く切られていた。エチルとシアンも傷ついた主人を置いて、今更前へ出ることはできない。誰も、なにもできない中、ノアは臆することなくペットを呼んだ。

「ハツネ」

まるで、愛猫を呼ぶかのように。

咎《とが》めるでもなく、縋《すが》るわけでもなく。

ただ、純粋な愛だけをこめた調子で。

「ハツネ」

「うるさい、黙れ」

だが、ハツネは吐き捨てた。彼女はノアのほうを見もしない。『最後の狩人』は跪《ひざまず》いた。恭しく、彼は片腕をさしのべる。それにハツネは応えた。彼女は狩人の手を、そっととる。

貴婦人のごとく、ハツネは抱きかかえられた。その様を、ノアはじっと見つめる。あくまでも叱ることなく、けれども、行ってはいけないと訴える瞳で。ようやく、ハツネはちらりとノアのほうをうかがった。一瞬だけ、彼女の表情に明確な怯《おび》えと後悔が走った。だが、ハツネは首を横に振る。そっぽを向きながら、彼女はつぶやいた。

「これで、おしまい。恩は、返したから」

恩とは、なんだろう。ペットと、吸血姫はいったいどんな関係にあったのだろう。

そう、エルは疑問を抱いた。だが、詳細を聞くことなどできなかった。

『最後の狩人』は、両足に力を溜《た》めた。彼が駆けだす寸前のことだ。

子供のように、ハツネは小さくつぶやいた。

「じゃあ、ね……エチル、シアン……ノア」

黒い暴風が地面を削りながら動く。

そうして、ハツネは連れ去られた。

怠惰でワガママなペットと、吸血姫は別れたのだ。

# 第六幕　女王の城

少女がいた。

自分が誰なのかを、少女は思いだしたくもないようだった。

吸血姫がいた。

姫は少女に、あなたはあなたとだけ、告げた。

ふたりの関係は複雑だ。
それでも、だからこそ、
あなたは、あなたと言う。
他には望まないと告げる。

その、美しさは、

エルにもわかる。

＊＊＊

「すみ、ません……ハツネさん、急に走って行っちゃって……ぜ、は……私も走ったんですが、追いつけなくって……あの、それで……いったい、ここで、なにが起こったっていうんですか？　私の知らないところで、なにが？」

戦いと殺戮《さつりく》の終わった場に、ルナは遅れて現れた。甘茶色の髪は乱れ、フサフサの尾は膨らんでいる。黄金色の目には困惑が浮かんでいた。汗をぬぐいながら、彼女はたずねる。

イヴの頬《ほお》についた煤《すす》をとりながら、エルは状況を説明した。

「あのね……さっき、ハツネが」

悲しい表情をしながら、イヴは大人しく顔をふかれている。

話を聞いて、ルナは美しい目を見開いた。悔いるように、彼女は闇の薄まった空を仰ぐ。その尾はしょんぼりと丸まり、獣耳はぱたりと横に倒された。

「そんな、ハツネさんが」

「ルナ……あなたたちはどこにいたの？」

「私たちはですね……」

聞けば、ふたりは過去に違法薬物が摘発された工場跡地に避難させられていたのだという。だが、激しい戦闘の音を聞くうちに、ハツネが駆けだしてしまったのだ。通常は、獣人であるルナのほうが足は速い。しかし、その時のハツネは、桃色の髪が内側から薔薇《ばら》水晶のごとく輝いて見えたという。女王の力による一時的な体力増強か、なにかを使用したのだろう。そして、彼女はルナを置き去りに空き地へと駆けこみ——あとはエルたちの知る通りだった。ハツネは女王の血族を宣言し、冠を与えるため『最後の狩人《かりゅうど》』へ同行した。

おそらく、ノアを守るために。

ルナが語り終えたときには、イヴの肌はきれいになっていた。パタパタとツインテールを躍らせて、彼女は意味なく首を横に振る。決意を固めた表情で、イヴは口を開いた。

「放ってはおけません……前の事件で、エルさんが助けに来てくれたように、私たちも行かないと……ハツネさんをひとりになんてできません！」

「そう……追わなくては、ね」

傷ついた右足を撫《な》でながら、ノアがささやいた。エルは彼女に視線を向ける。

吸血姫の傍《そば》には、エチルとシアンが跪《ひざまず》いていた。エチルは主人の血をハンカチで押さえ、シアンは傷を圧迫している。その様を見て、エルはある存在を思いだした。

「エチル、シアン、これ。ノアに飲ませてあげて」

彼女たちに近づくと、エルは霊薬をさしだした。受けとり、ノアはひと口飲む。その足首の裂け目が滑らかに動いた。無惨な傷は癒着し、跡形もなく消える。エルはうなずいた。

これで、ハツネを追うことはできるようになったといえるだろう。

だが、とエルは思った。追って、どうすればいいのか。

「『最後の狩人』には勝てない」

「違う……勝てるの」

さらりと、ノアは断言した。えっと、エルはまばたきをする。

それは予想外の言葉だった。相手は四肢を断たれても生やし、首を切られても動くのだ。

最早《もはや》、人間ではなく不死の怪物であるといえた。それに敵《かな》う術《すべ》がどこにあるというのか。

だが、ノアは迷いない口調で語った。

「勝つことはできる。それは敗北だけれど」

「……意味がわからない。どういうこと？」

勝てるが負ける。

成立しない式だ。

それを語りながら、ノアは首を横に振った。緩やかに、彼女は続ける。

「まだ、わからなくていい。そんなことよりも、急がないと。ハツネとは最初の吸血以来の繋《つな》がりがある。吸血鬼の使う、数多《あまた》の『目』と同じように、その場所はちゃんとノアには伝わっているから……それ、とね」

そっと、ノアは己の片頬《かたほお》に手をあてる。

おっとりと、彼女は歌うように告げた。

「ハツネは女王の血族だけど、冠の置き場所なんて知らないの」

＊＊＊

女王がいた。彼女は自分だけの匣庭《はこにわ》を生みだし、五つの種族とその代表を作った。

少女がいた。少女は絶対の力を持つ女王の血族であり人のようで人ではなかった。


だが、少女はなぜか、地に放逐される。


捨てられた少女は――あるいは捨てられる前から――過酷な目に遭わされた。

傷が早く治る特異体質を利用され、ありとあらゆることがその身に行われた。

そんな彼女を拾ったのが、『最後の狩人《かりゆうど》』との戦いを終えた直後のノアであった。

気紛《きまぐ》れに、なんとなく、吸血姫は少女を傍《そば》に置いた。

吸血姫は少女を、ペットとした。

ノアは少女に『ハツネ』と名づけた。

色々と、ノアは彼女にたずねた。だが、『ハツネ』の記憶には多くの絶望的な穴があった。『冠』という言葉を、彼女はときおり漏らした。だが、なにも知らないようであった。

それどころか、定期的に、己が女王の血族であることすらも忘れるようなありさまだった。

ノアは『ノアリス・クロウシア・ノストゥルム』であったときに、世界の表の真実については耳にしていた。彼女は女王の血族であるという『ハツネ』の価値にいち早く気づいた。

だが、どうでもよかった。

『ハツネ』は懐かなかった。いつもワガママを言い、反抗し、ノアや後から加わったメイドたちに仕置きをされた。齧《かじ》られたり、くすぐられたり、縛られたりもした。それでも、『ハツネ』は、ノアのいるところではよく眠った。

――ペットに望むことなんて、それくらいじゃない？

そう、ノアはささやく。

ワガママを言って、よく眠り、元気でいること。

ノアにとって、ハツネは『それだけでいい』存在だった。

エルは知る。今まで、ノアは真実しか口にしてこなかったのだ。心を偽りもしなかった。

ハツネは、ハツネだ。

他の、なんでもない。

「ノアは、ハツネをとりもどす。そう、それが」

ノアリス・クロウシア・ノストゥルムじゃない。

ノアの、決めたことだから。

＊＊＊

もうすぐ消える月の下、幼い吸血姫はそう宣言した。ひとつ、ノアはうなずく。

それから、彼女はくるりと優雅に回った。メイドたちに向けて、ノアは穏やかに続ける。

「エチルとシアンは待っていて……見せたくないことになるかもしれないから」

「お嬢さま、それ、は」

「ご主人さま、それ、そんな」

「ふたりとも、いい子で、ちゃんと言うことを聞いて」

優しく、ノアはささやく。

動揺したのか、エチルとシアンは判断に迷った。ふたりは口を開こうとする。だが、拒否の言葉を封じるかのように、ノアはその頭を撫《な》でた。エチルとシアンは顔を伏せる。辛抱強く、ノアはてのひらを動かし続けた。やがて、メイドたちはぽつりとつぶやいた。

「お待ち、しております」

「どうか早くの御帰宅《ごきたく》を」

「ええ、その言葉、忘れない」

ノアはほほ笑んだ。スカートの裾をつまむと、エチルとシアンは完璧なお辞儀を披露して、離れた。ふたりは戦闘力のないルナと共に、吸血姫の望みどおりに待機する道を選ぶ。

ノアはエルとイヴを振り向いた。愉快そうな声で、彼女は言う。

「『借り』があるものね？」

「……それは」

「なんて、今回も無理強いはしない。でも、どうせ、そっちのふたりは一緒に来る。懲りることなく。止まることなく。そうなんでしょう？」

「ええ……世界の真実の裏側。アタシたちバディの知るべきこと——それに、ハツネの存在はかかわりがある。なにより」

「ハツネさんを、ひとりにはできません。ひとりは寒くて、さみしいです。私たちは、私たちの友達を見捨てられませんから」

エルとイヴは、力強く決意を口にした。

ノアは紅《あか》い目を光らせる。脅すように、彼女はたずねた。

「あなたたちには勝つ術《すべ》が見えていない……それなのに、ついてくるというの？」

エルは気がつく。これは慈悲だ。逃げるのなら今のうちだと吸血姫はそそのかしている。あるいは死ぬつもりなのかと事実を示している。その選択は愚かなことだと教えてもいる。

ソレに対して、エルは堂々と笑った。イヴはうなずく。同時にバディは言い放った。

「無論」

「勿論《もちろん》」

「……そう、愚かね」

ノアは手を伸ばした。彼女はエルとイヴの手をとる。そして吸血姫はふたりの指先に口づけを落とした。まるで祈るかのように祝福を与えるかのように、彼女は唇を押しつける。

そして姉のような、母のようなほほ笑みを浮かべた。

「愚かな子は、嫌いではないの」

「は、はひぃ」

「い、いいから、さっさと行こう！」

イヴは真っ赤になった。エルはかすれた声をあげる。

ノアはうなずいた。だが、どこに行けばいいのか。それはノアにしかわからない。

エルたちが指示を待っているときだ。不意に、吸血姫は指を伸ばした。彼女は自身の腹に指を立てる。まさかと、エルが思った瞬間だった。ノアは爪で、己の肉を深々と裂いた。

紅色が、溢《あふ》れだす。肉が割られ、艶々《つやつや》とした中身が覗《のぞ》いた。

「ノアさん⁉」

「ちょっ、ノア⁉」

思わず、エルとイヴは短く声をあげた。

みちみちと胃すらも割り開いて、ノアは中に腕を入れた。てのひらに紅《あか》い血を溜《た》める。臓器の内部を露出させながら、彼女はおっとりと言った。

「もう一度、霊薬を飲ませてくれる？」

「あっ、アンタ、だから、なにやってんの⁉」

慌てて、エルは駆け寄った。ノアの口元に、霊薬の瓶を押し当てる。

ひと口飲むと、ノアの自傷は塞がりはじめた。濡《ぬ》れた胃壁は、見えなくなっていく。凄《すご》い威力だと、エルは思った。同時に、彼女は瓶を振った。ちゃぽんと、それは心許《こころもと》ない音を立てる。もう、中身はわずかだ。残りは慎重に使わなければならないだろう。

そこで、エルはノアがてのひらへと溜めた紅色に視線を移した。よく見れば、ソレは微《かす》かに光っている。胃からとりだした血液を覗きこんで、吸血姫はささやいた。

「一度作ると、コレはその場に残ってしまう……だから、新たな『扉』は生みたくなかったのだけれども……ハツネは、ノアの屋敷で実験的に作った『扉』へと向かっている。それに先回りするのならば、これしか方法はないから」

パッと、ノアは血を撒《ま》いた。

ソレの正体を、エルは察した。

先ほど吸血姫が飲んだ、ハツネの血液だ。胃の内部から、ノアはそれを取りだしたのだろう。かがやきながら、その紅は空中に虹色を描く。エルの天使武器として編まれる光の色と質は異なった。まるで油膜のようでオーロラのようでもある。ノアの意志に従って、血液は光で飴《あめ》細工のように形を作った。液体は骨組みを成して、その上に板を張っていく。

小屋の残骸《ざんがい》のうえに、可憐《かれん》な扉が生まれた。

まったく現実的ではない奇跡の御業《みわざ》だった。

ゆっくりと、ノアは振り向いた。小さく、可愛《かわい》らしい扉の前で、彼女はささやく。

「行きましょう……血族の血によって作られた扉のみが繋《つな》がる、女王の城へ」

お姫様は、英雄《ヒーロー》が迎えに行くもので。

ペットは飼い主が助けに行くものだから。

「猫が迷ったら、救うのは飼い主の仕事」

「アンタね……そこは、姫を救いに行くほうをとったらどうなの？」

「いいの」

ノアとハツネは、これでいいの。

迷いなく、ノアは言う。まるで散歩にでも行くかのごとく、彼女は軽やかに歩き出した。

そしてノアは、
扉を、開いた。

中から、まぶしい光が溢《あふ》れだす。純白の波に、全員が抱擁されるかのごとく包まれた。

「……っ……あっ……」

そして、エルの意識は速やかに溶け消えた。

＊＊＊

泣いている。

鳴いている。

啼《な》いている。

誰かが、泣いている。

ここには悲しみがある。ここには嘆きがある。ここには涙がある。

本当はそれだけではなかったのだ。
かつて、ここにはすべてがあった。

言うなれば女王とは匣庭《はこにわ》の一にして全だ。彼女は世界の管理者であり、支配者でもある。

だが、ここには。
もうなにもない。
悲劇は終わった。喜劇も閉じた。終幕を迎えた。舞台は壊れた。役者は死んだ。
それならば匣庭は？
どうなるというの？

「……………………………………………………………………………………うっ」

なにか夢を見た。
それは、悪夢だ。

本当は知らないままでいたほうがいい、情報の片鱗《へんりん》が渦をなしたものだった。

その奥底から、エルは目を覚ます。鈍く痛む頭を振って、彼女は周囲を見回した。

気がつけば、エルは異様な空間に倒れていた。

辺りは、真っ白だ。

そして無影《むよう》だった。

なにもかもが明るく、汚れなき純白にかがやいている。

自分の存在が恥ずかしくなるほどに、そこは美しかった。同時に恐ろしくなる。なぜならば、ここには大切な悪魔がいない。彼女の唯一のバディは消えていた。ノアの姿もない。

白の中の異物は、エルを除いてすべてが排除されていた。

「イヴ！　どこなの、イヴ！　ノア⁉」

エルは呼びかける。声はそのままに反響した。だが、よく聞けば、それは本来のものよりもわずかに子供のような調子を帯びていた。そのように、変更が加えられている。ひどくふざけた空間だった。床に手をついて、エルは立ちあがる。そこで、彼女は気がついた。

いつのまにか、目の前には、以前に夢の中で見た存在が立っている。

美しい人だ。いや、彼女は人間ではない。それどころか、五種族のどれでもなかった。

彼女こそが女王。

この匣庭《はこにわ》の王だ。

いや、

果たして、本当にそうか？

もしや、

まさか、

「あなたはいったい誰？」

コレは、女王ではない。

そう、エルは確信する。それは恐ろしい事実だった。彼女の前にいるのは、『女王にしか見えない存在』だ。それなのに違うのだ。ならば、本当の女王はどこにいるというのか。

千年ごとに、『贈り物』の儀をなす、支配者は。

女王が選べば、ひとつを残して他は滅ぶ。彼女はそれだけの力を持っている。

その事実を前にして、エルは本能的に悟っていた。女王とは五種族にとっては世界の統一の夢を叶《かな》える存在であり、同時に断頭台の刃《やいば》でもある。だが、女王という存在なくして、この匣庭は決して成り立ちはしない。彼女は絶対的な、仰ぎ見るべき管理者だった。

だが、眼前のコレは女王ではない。
それでいて、同じだけの圧を持つ。

そんな者が、いるわけが。

そのはずが『女王のような何者か』はうなずいた。ゆるやかに、ソレは口を開く。
そしてどこか無機的な、人形かオルゴールを思わせる調子で語った。

――もどりなさい、あなたには権利がある。
――もう、泣いても、笑っても終わらない。
――そう、言ったはず。『天使について』の判断は終わっている。

「なにを……言って？」

――そして、今、悪魔と吸血鬼についての判断も終わった。

――帰ってもいい。だが、訪れたいというのならば訪れよ。

――無関係の者もまた、ここについては好きにすればいい。

――どうせ、ここは墓場だ。

次の瞬間、白い光が眩《まばゆ》く弾《はじ》けた。
エルの前の光景は、一新される。

彼女は目覚めた。

えっと、エルは驚く。どうやら、今まで彼女は眠っていたらしい。
その目の前には、夢の中と同様に白いが、無影《むよう》ではない、荘厳たる空間が広がっていた。
玉座が設けられ、天井は太い柱で支えられている。壁には飾りらしい鎧《よろい》が並んでいた。エルは理解する。ここここそが本物の女王の城だ。そして、広間には全員がそろっていた。
イヴにノア。
それだけではない。

『最後の狩人《かりゅうど》』と、ハツネもだ。

「ハツネ！」

「ハツネさん！」

エルとイヴが声をあげる。『最後の狩人』の腕の中で、ハツネはゆるりと目を開いた。

その顔を見つめて、ノアが小さくつぶやく。

「ハツネ」

「……えっ？　……バッカじゃないの⁉　なんで来たの？」

目が覚めたと同時に、ハツネは叫んだ。その首に『最後の狩人』が大剣を添える。彼は
なにかを問いかけているかのようだ。ニッと、ハツネは笑った。嘲るように、彼女は言う。

「そう、さっきアンタに軽く殴られて、気絶させられる前にも言ったとおり。実は、私は
冠の場所なんて知らない。あの場所で、私は嘘《うそ》をついただけ……それどころか」

瞬間、ハツネの目は濁った。翠色《みどり》の瞳を、彼女は左右に震わせる。

ハツネは額を押さえた。カタカタと震えながら彼女は言葉を紡ぐ。

「冠は、あの時、消えた……なんで？　わからないけれども、そう」

ハツネは口を動かす。それは、上手《うま》く言葉にはならなかった。

けれども、彼女は確かに口にした。恐らく、世界の真実の裏側にかかわる一端を。

――なにか、恐ろしいことが起こって。

エルは悟る。絶対的な女王。『贈り物』の儀をくりかえすはずの女王。
この世界の支配者。忌むべき存在でもあるが、なくてはならないもの。

それに、恐らくなにかがあったのだと。
そうして、なにかが歪《ゆが》みつつあるのだ。

かつて、ここにはすべてがあった。

だが、ここには。
もうなにもない。

悲劇は終わった。喜劇も閉じた。終幕を迎えた。舞台は壊れた。役者は死んだ。

それならば匣庭《はこにわ》は？
どうなるというの？

その言葉のとおりに、なにかが致命的に変わりつつある。

だが、『最後の狩人《かりゆうど》』はハツネの訴えにかまいはしなかった。声明のとおりならば、彼は冠だけを求めている。その場所をハツネが知らないことを、『最後の狩人』は確認した。

女王の城への案内も済んだ以上、ハツネはもう用済みだ。彼は大剣を振るおうとする。

瞬間、ノアが動いた。

「——————させない」

白の空間に黒が走る。

ノアはハツネに近づくと、羽を動かした。

ガラスよりも鋭い飛膜が、狩人の肩を傷つける。追撃による切断を恐れてか、彼は微《かす》かに後ろに下がった。瞬間、ノアはハツネの腕を取った。彼女の体を、半ば強引に抱き寄せる。それを好機と見てか、『最後の狩人』は小さく腕を動かした。彼は短い斬撃を振るう。

鋭い刃《やいば》が迫った。

ノアの実力ならば、余裕で回避はできたはずだ。狩人の動き自体も、吸血姫の次の行動を見越してのフェイントにすぎなかった。だが、ノアはそれをあえて受けた。一撃をわざと喰《く》らうことで、吸血姫は——回避と反撃に使用できる時間をすべて消費し——ペットを自分の腕の中に確保することを優先したのだ。ハツネが目を見開く。ノアは凛《りん》と言った。

「ノアのハツネよ。返しなさい」

ワルツを踊るように、ノアはハツネを腕の中に収める。奪還は成功した。

だが、無茶《むちゃ》の代償として、吸血姫の美しい左羽は半分が切り落とされた。

無惨な有様を見て、ハツネは愕然《がくぜん》と声をあげる。

「な、なんで？　どうして？」

「飼い主がペットを助けるのに、理由がいるの？」

「バカじゃないの？　完全にバカッ！　そこまでバカならいっそ死ね！」

本気で怒って、ハツネは吐き捨てた。だが、ノアはそれをはいはいと聞き流した。まるで愛猫が毛を逆立てているさまを眺めるかのようだ。頭を撫《な》でて、彼女はハツネを降ろす。

そして『最後の狩人《かりゆうど》』に向きあった。

エルは銃を編んだ。イヴも身構える。

「ふたりとも、わかっていて？」

「とっくの昔に、ね」

「理解しています」

泣いても笑っても、ここが最後。

ここは墓場。そのとおりだった。

「終わりのはじまり、っていうやつだ」

役者はそろい、幕はあがったのだ。
この場こそ最終決戦の舞台だった。

# 第七幕　だって、あなたのためだから

まず、三人は散開した。

それぞれ、『最後の狩人《かりゅうど》』から離れて、太い円柱の陰に隠れる。

ノアはハツネを抱え、一番遠くに降ろした。イヴは召喚をはじめる。エルは拳銃をかまえて照準をつけようとして――『最後の狩人』がもう、そこにはいない事実に気がついた。

（どこ、へ）

瞬間、彼女はゾッとした。勘だけで、横へ飛ぶ。

そこに、大剣が振るわれた。エルがいた地点を、柱ごと斬撃が薙《な》ぐ。爆発したかのように柱は切り崩された。広間全体が揺れる。派手に瓦礫《がれき》が降った。

エルは床に転がる。追撃が来た。だが、その直前、エルは襟元を何者かに噛《か》まれ、持ちあげられた。彼女は宙に投げられる。へっ？　と思ったとき、その視界は横に動いていた。

エルは『デケム』の背に乗せられたのだ。

痩せた老犬は駆けながら、へっへっと舌をだし、尻尾を振る。

エルは顔をあげた。イヴがうなずく。さすがの判断だった。バディにはよくわかっている。『デケム』はもっとも機動力が高い。これで斬撃を避《よ》けながらの射撃が可能だった。

そう、上手《うま》くすれば集中砲火を浴びせることができる。

「…………あっ、そうか」

この状態になることで、エルは思いついた。

唯一『最後の狩人を倒せるかもしれない方法』を。

瞬時に、エルは作戦を組みたてる。それには皆の協力が必須だ。彼女は鋭く声をあげる。

「必ず勝つ！　力を貸して！」

臆せば死ぬ。折れれば負ける。怯《ひる》めば潰れる。

故に、エルは言いきった。皆の顔は見ない。

バディは絶対だ。

ノアは愚かではない。

必ず、応えてくれるだろう。その信頼のもと、『デケム』の背の上で、エルは拳銃を消した。新たな光を編む。反動と、衝撃、狙いのブレが心配だ。だから、エルは羽の上に光を重ねて大きな翼をだした。白い翼で姿勢の制御を果たし、足を『デケム』に巻きつける。

そして、彼女は武器を構えた。

散弾銃を。

「喰《く》らえっ！」

彼女は射撃を開始する。パァンッと無数の弾を受け、狩人の顔の一部が大きく抉《えぐ》れた。

血と肉片が空中に霧のように散る。衝撃で落ちそうになる体を、エルは支えた。狩人《かりゅうど》による反撃を『デケム』の脚力で躱《かわ》しながら、彼女は思う。そうだ。まだ、この方法があった。

首を切っても死なないのならば、

「その頭を、潰すまで」

＊＊＊

だが、『最後の狩人』がその場に留《とど》まるわけがない。

大人しく、エルの的になどなってはくれなかった。

エルの思惑を読んだのか、彼は獰猛《どうもう》に走りはじめる。

ハツネは遠い。まずは戦闘能力をもたないイヴを、『最後の狩人』は狙おうとした。

だが、イヴも自分が標的になる可能性については把握している。襲撃に備えて、彼女もまた、すでに獣に乗っていた。決意の表情で、イヴは大きな背にまたがっている。

十体中、最強の九体目、『ノウェム』の背中に。

まさに攻防一体。反撃能力を優先した、選択だった。凛《りん》と、イヴは声を張りあげる。

「今度こそ負けません、行きましょう、『ノウェム』！」

キュワアアアアアアアアアアアアアアアアアアアッ！

鳴きながら、『ノウェム』は斬撃を放った。狩人は剣の腹で受ける。だが、足が止まった。その側頭部を、エルが撃つ。当たった。頭蓋が削れ、脳漿《のうしょう》が溢《あふ》れだす。しかし『最後の狩人』は止まらなかった。『ノウェム』の斬撃を、今度は狩人は走りながら躱していく。

これでも死なないかと、エルは舌打ちした。

『ノウェム』を落とすには、時間がかかると判断したらしい。イヴのことを諦めると『最後の狩人』はハツネへと向かった。だが、ノアが油断なくハツネを抱き寄せた。彼女は高速でペットを逃がす。その様を見て、『最後の狩人』はエルに標的を変更した。最悪だと、エルは舌打ちした。攻撃の抑制のために、威嚇射撃をすることは避けたかった。魔力が枯渇しては、話にならないからだ。ならば、狙われている状態でとれる方法は少ない。

「こうするしかない、か」

エルは逃げに徹した。『最後の狩人』と『デケム』は一定の距離を空けて走る。逃走専門の獣は速いため、追いつかれはしない。だが、高速での逃走中は射線が安定しなかった。

これでは撃てない。

事態は、膠着《こうちゃく》する。

だが、そのときだ。小柄な影が軽やかに『最後の狩人』の前に現れた。狩人が動きを止めた瞬間、彼女は優雅に手を前にさしだした。ノアだ。場違いに甘く、吸血姫はささやく。

「踊りましょう？」

『最後の狩人』は応えなかった。無言で彼は懐に手を入れる。銀の杭《くい》をとりだし、狩人は高速で放った。ノアの体を貫こうとする。同時に、彼はエルの射撃を避《よ》けて後ろへ飛んだ。

一瞬の間が空く。その間に、杭《くい》はノアへと迫った。

ノアは銀には触れられない。

必ず、彼女は避ける。と、見せかけて前に進んだ。

白の羽の飛膜を、吸血姫は貫通される。だが、痛みは無視して、彼女は傷ついた羽を振るった。滑らかに、白が動く。それは、実に鋭利な切れ味を披露した。

狩人《かりゅうど》の右腕がふたたび飛ぶ。

悲しく、ノアはつぶやいた。

「昔のあなたであればわかったでしょうに。ノアは、痛みを恐れはしないと」

『最後の狩人』は応えない。無言のまま、彼は続けてのエルの射撃を躱《かわ》した。だが、額の一部を削られる。再生にも力がいるのだろう。未《いま》だに、狩人は多くの傷を放置していた。

徐々に、その損傷は蓄積されていく。この機会を逃す手はない。

同時に、エルは考えた。

（ここまで、『最後の狩人』は一度も意志のある言葉を発してはいない）

彼が示した反応といえば、せいぜい、呻《うめ》き声をあげた程度だ。ハツネに対してすら、彼は無言を貫いていた。頑《かたく》なに、狩人はしゃべろうとはしない。

いや、あるいは言葉を紡げないのか。

（これでは、まるで……）

エルが思った瞬間だ。

狩人は目標を変えた。

彼は大剣を振りあげる。そして、己の武器を完全に投げ飛ばした。

衝撃波を超える——物理的な重量をともなう一撃が——『ノウェム』へと迫る。

「えっ？」

イヴの反応は遅れた。その指示を待つことなく、『ノウェム』は立ちあがった。獣は腹へと剣を受ける。そうすることで、『ノウェム』は乗り手への損傷を最小限に抑えた。だが、体は縦に割られ、血を噴いた。嘘《うそ》のようにあっけなく、獣は霧へと変わる。

「っ、あっ！」

危うく、イヴは床に転がった。リボンのような髪が床に広がる。

エルは目を見開いた。彼女は悟る。均衡を強引に崩された。狩る者と狩られる者が逆転した。まだイヴは体勢を立て直せていない。無防備な姿に向けて『最後の狩人』が迫った。

「イヴ！」

エルは叫んだ。彼女は散弾銃を撃つ。狩人の肩が抉《えぐ》れた。しかし、止《とど》めるには至らない。

様子をうかがっていた残りの召喚獣が、次々と向かった。だが、妨害を果たせはしない。躱され、杭で抉られ、彼らは消滅させられた。惨事を前に、エルは心臓を掴《つか》まれたような心地を覚えた。このままでは、悪夢のような結末が待っているだろう。

自分の大切なバディが、殺されてしまうのだ。

（それだけは、絶対に、なにがあっても駄目だ！）

散弾銃を撃ち、エルは駆け寄る。『デケム』は足が速い。だが、まにあわない。

エルの圧倒的な絶望を嗤《わら》うように、『最後の狩人《かりゆうど》』はイヴへと左手を伸ばした。


肉が断たれ、血が噴きだす。

『最後の狩人』の左腕が飛んだ。

最初に切られた、ノアの羽の投擲《とうてき》によって。

＊＊＊

「あなたが武器を投げるなら、こちらも投げられるものを放つ……ハツネを奪い返した際に切り落とされたときから、狙っていたの。戦闘ってそういうものでしょう？」

語りながら、ノアは一歩後ろに下がった。どうぞと、彼女は手をさしのべて礼をする。

優雅に、吸血姫はエルへとうながした。

「やりなさい」

「上等！」

瞬間、エルは散弾銃をかまえ直した。今の狩人には両腕がない。武器も手元を離れていた。無防備だ。絶好の機会だった。この瞬間を逃せば、『最後の狩人』は殺せないだろう。

だから、エルは全力をだした。

「うっらあああああああああああああああああああああっ！」

叫びながら、エルは引き金を弾く。

天使武器は本来ならばある物理的な制約を、魔力次第で外すことができた。故に己の力のすべてを、エルは解放した。絶え間なく、彼女は『最後の狩人』に散弾の雨を浴びせる。

死の弾が、彼を穿《うが》つ。蜂のように、嵐のごとく襲う。

瞬間、狩人は腕を生やした。ずるり、と不気味な変化が起きる。異様に白い腕が、傷口から血を噴いて突きだされた。それを交差させて、彼は頭をかばう。だが、エルはそんなことはどうでもよかった。知ったことではない。これに怯《ひる》んで、止まってしまうのは明らかに愚策だ。撃って、撃って、撃って、撃って、撃って撃って撃って、エルは撃ち続けた。

魔力の枯渇に伴い、喉から多量の血がこみあげる。だが、容赦なく生命力も使った。それでも足りない。まるで幻影を目指して砂漠を歩くかのようだ。あと少しがあまりに遠い。

エルは悟る。このままでは無理だ。

ひとりでは、決して届かない。

そのときだ。

「エルさん！」

「イヴ!?」

イヴが彼女に手を添えた。安心させるように、彼女はエルに体温を伝えてくれる。当然のごとく、イヴは隣に並んだ。弱虫なくせに、彼女は逃げることなく、エルと共にある。

病める時も健やかなる時も。

喜びの時も、悲しみの時も。

ああと、エルは零《こぼ》れ落ちる涙を感じながら思った。やはり、自分にバディは必要だ。


ひとりではできないことも、ふたりならばできる！


エルのポケットから、イヴは瓶をとりだした。彼女は霊薬を飲ませてくれる。ごくりと、エルは血ごと飲み下した。瓶の中身は空になった。だが、足りた。魔力が充填《じゅうてん》されていく。

これで、最後だ。

それで、十分だ。

「やっちゃってください！」

「思いっきりぶちかます！」

バディに、エルは片目をつむった。ふたりは並んで、引き金を弾き続ける。

ついに、狩人《かりゅうど》の手首に穴が開いた。それはちぎれる。回復はまにあわない。

彼の顔面からも血が噴きだした。骨が折れ、脳漿《のうしょう》が噴きだし、鼻が折れ、眼球が潰れる。

パァンッと、額が弾《はじ》けた。『最後の狩人』の頭部はひき肉に変わる。そこで、弾は尽きた。

あと、には、

頭のない胴体が立っていた。

「やった、た」

――――立って、いた？

「なんで立って……」

「う、そ、ですよね」

エルは呆然《ぼうぜん》と声をだす。イヴは愕然《がくぜん》とつぶやいた。

瞬間、みちみちと嫌な音が鳴った。醜く、肉が蠢《うごめ》いた。傷口が盛りあがり、団子状に変わる。骨が生え、皮膚や髪が張り、頭が復活した。悪夢のような光景だ。だが、『最後の狩人』が蘇《よみがえ》る直前に、ノアは羽を振るった。的確に、彼女は彼の胸部を手術のごとく裂く。

そして、皆は、

それを、見た。

＊＊＊

「なるほどね……やっと、わかった」

ノアは言う。

なぜ、墓は暴かれ、
彼は、帰ったのか。

「どうして、あなたが蘇《よみがえ》ったのか。なぜ、弱体化しているのに、どれだけ損傷を与えても死なないのか。すべては、こういうことだったの」

肋骨《ろっこつ》も割られた『最後の狩人《かりゅうど》』の胸部の中。

真っ黒な、恐るべき心臓が、脈動していた。


黒とは邪の色。

悪魔の、色だ。


「高名な悪魔の心臓を死後とっておき、遺体に入れて動かす――――そんな兵器に、あなたはされていたのね」

「な、に、それ」

思わず、エルは低い声でつぶやいた。

その事実は、言葉以上の重い意味を持っていた。世界の真実の裏側が明らかになるよりも、ある意味において恐ろしい事態だ。『最後の狩人』を悪魔が作ったのならば、宣戦布告も同じだった。なにせ、吸血鬼は多くが殺され、天使も襲撃を受けている。これは歴《れっき》とした種族間問題だった。だが、悪魔の中の誰がこれをなしたのかまではわからない。『魔王』もふくめ、全員がシラを切るものと予想がされた。

つまりは。

今度こそ、五種族の平穏は壊れかねない。

それに、悪魔はなぜこんなひどいことを。

「……『女王の冠』、ね。そんなもののために」

「……ノア？」

「そんなもののために、あなたはこんなふうにされたの」

怒りと憎しみの混ざる声で、ノアはささやいた。そっと、彼女は両手を前に伸ばす。

そして狩人の胸部の黒い心臓に触れようとした。だが、魔力の波動がそれを拒んだ。

エルは悟る。それを上回るほどの力がなければ、邪悪な心臓はちぎれない。『最後の狩人』は殺せない。エルたちの前には絶対的な敗北だけが広がっていた。

待つのは死のみだ。

だが、それを前にしても、ノアは自分たちの運命を嘆きはしなかった。

ただ、彼女は『最後の狩人』を哀れみ、悲しんだ。

「今のあなたに言ってもしかたがない……けれども、少しだけ、語ろうと思うの。覚えてはいないかしら。あなたと、ノアリスの思い出……大切な思い出よ？」

童話を語るように、吸血姫は紡ぎだす。
まるで御伽噺《おとぎばなし》のような紅《あか》い夜。
さみしい吸血姫と狩人《かりゅうど》がいた。

ふたりはなぜそこにいて、
そうしてどうなったかを。

「ノアとあなたは、一族の罪の象徴だった」

吸血姫は罪を負わされ、
狩人は、罰を任された。
ふたつの種族の平和のために。

ノアリス・クロウシア・ノストゥルム。

＊＊＊

彼女は高貴な姫であった。下等な吸血鬼たちとは異なり、ノアリスは本物の貴族であったのだ。故に、彼女は下賤《げせん》な者たちの粗野な宴《うたげ》になど、まるで興味を示さなかった。

人間たちの暗黒の時代、吸血鬼たちの悪辣な饗宴《きょうえん》のあいだ、ノアリスはひとり無関心を貫いた。だが、ある意味、それもまた罪であった。なぜならば見ないのは、許容も同じだ。

そして、彼女が無視をしているうちに、吸血鬼と狩人の戦いは泥沼の一途をたどっていたのである。互いに武器を下ろすときを見誤り、このままだと尾を喰《く》らいあった蛇のように終わるときなど来なかった。両方の一族が、怨念の果てに滅びることが予測された。

だから、である。

贄《にえ》が必要だった。

『始祖』と『聖母』は話しあいの場を持った。そして、誰もが納得する伝説的な戦いを設け、終幕とすること。以降は互いに武器をとらないこと。それを最後に、戦局を収めることを約束したのだ。

『始祖』はノアリス・クロウシア・ノストゥルムを。

『聖母』は、『最後の狩人』を生贄《いけにえ》の役者に選んだ。

そして、伝説の死闘は行われた。

ふたりは、互いを運命の怨敵と認めた。不本意でありながら、一族の罪を背に戦った。

ノアリスは心臓を貫かれ、首を刎《は》ねられた。

同時に、『最後の狩人《かりゆうど》』は内臓を潰された。

さみしい吸血姫と、狩人がいた。

今はもう、ふたりともがいない。

残ったのは、ノアだけだ。

「最後に、あなたは言った。息が絶える、そのときに。なにか大切なものを作れと。友人でも、ペットでも、なんでもいい。命を懸けるに値するものを見つけろと」

「の、あ……ノあ、リす……」

「『おまえだけは、もうさみしくないように』と」

「のありすううううううううううううううううううううううっ！」

『最後の狩人』の目に、涙があふれた。血が無骨な頬《ほお》を伝い落ちる。

だが、彼は意志をとりもどしたわけではなかった。単にその片鱗《へんりん》を見せただけだ。すぐに、『最後の狩人』の自我の残滓《ざんし》は消滅していく。血の涙はすぐに涸《か》れた。その瞳は乾く。

ふたたび、彼は造られた生体兵器へともどった。

もうじきに、『最後の狩人』は損傷からも回復する。

そうなれば、完全に終わりだった。

エルは、イヴを逃がせないか考える。イヴも同じようだ。せめてバディだけは生かせないか、必死になってふたりは模索する。だが、そんな奇跡のような方法など思いつかない。

重い絶望の中、ノアは振り返って。

静かに、ほほ笑んで。

優しい声で、
そう甘えた。

「ハツネ、キスして」

＊＊＊

「ちょっ、なんで、私が？」

「あなたが、ノアの定めた大切なものだから」

さらりと、ノアは告げた。

もうすぐ最強の兵器が復活する。そんな緊迫した場で、呑気《のんき》にもほどがある言葉だった。

だが、なにを思ったか、ノアはてこてこと歩きだした。ハツネに近づいて、彼女は歌う。

「ハツネのこと好きよ」

「はあっ？」

なにを言いだすのかと、ハツネは声をあげる。だが、その前で、吸血姫はにこにこと言葉を紡いだ。

指折り数えて、彼女はペットのいいところを並べる。

「傷がすぐに治るから、齧《かじ》りがいがある。血は美味《おい》しいし、ワガママで、懲りないところがおもしろい。髪はサラサラで、触ると気持ちいい」

「褒めてるようで褒めてない！　そんなくだらないことで……」

「わからない？　つまり、全部が好きってことなの」

ペットって、そういうものでしょう？

そう、ノアは笑う。まるで、子供が愛猫をかわいがるように。

純粋な、きれいな、邪気のかけらもない表情で彼女は続ける。

「だから、キスして。ハツネ。それで、大丈夫」

「なに、が」

「ノアはそれで大丈夫だから」

穏やかに、甘く、ノアは告げる。

エルは不吉なものを覚えた。吸血姫の言葉はまるでさよならを教えるかのようだ。ハツネも不安を覚えたらしい。彼女はなにかを言おうとする。だが、うっと言葉を飲みこんだ。吸血姫の完璧な笑顔に負けたのだった。うーっとハツネは不機嫌に悩む。それから動いた。

「今回だけ、だから」

怒った顔で、ハツネは身をかがめた。いやいや、彼女はノアの鼻先にキスをする。

チュッと、軽やかな音が鳴った。

「ほら、したけど……なんなわけ？」

「ありがとう。もう、いいの」

くるりと、ノアは振り向く。

彼女は『最後の狩人《かりゅうど》』に向き直った。

エルは問いたかった。もういいとは、なにか。なにが、もういいのか。その問いを実際に受けたかのように、ノアは滑らかに続ける。

「だって、ハツネのためだから」

ひとりぼっちの吸血姫がいて、

彼女はある日ペットを拾った。

ようやく、エルは気がついた。

これはそんなつまらない御話《おはなし》。

そんな、どうでもいいような物語が。

終わりを、大きく変えることがある。

「――黒き灰は解放を行う。永年にわたり、保存していた残滓《ざんし》を今ここに使う」

ノアは宣言する。瞬間、彼女の胸は――手を触れることもなく――裂けた。肋骨《ろっこつ》が割れる。血管がちぎれた。脈動する心臓が、紅《あか》を噴きながら宙へと浮かぶ。

どうするのかと、エルが思った瞬間だ。ソレを、ノアは握り潰した。

大量の血の雨が降る。

ノアは己の紅を受けた。彼女は、静かに口を開く。

自身の心臓から流れ落ちた血を、吸血姫は飲んだ。

底の底に、永年にわたって保存してあった一滴を。

彼女の体は激しく蠢《うごめ》きはじめた。なにが起きているのかを、エルは悟る。心臓の中にしまっていた己の古き血を飲むことで、吸血姫は変貌を開始したのだ。骨が伸び、肉が張り、別の形を作りあげていく。サナギの中身が蝶《ちょう》になるかのごとく彼女は溶け崩れ、再生した。
その急激な変化を前に、エルは思いだした。

ノアは勝てると言っていた。
だが、それは敗北だ、とも。
もしも、今は黒き灰にすぎない彼女が、命を使用した奥の手を使ったのならば、
確かに、それは勝利であり、敗北だ。
「私は成った。これより舞おう」
最後の曲を。

変貌は、終わる。
血が、紅《あか》く滴る。
そこには無辜《むこ》の王が、
孤高の美しき姫君が。
ノアリス・クロウシア・ノストゥルムが立っていた。

＊＊＊

死だ。
死が、顕現した。
殺戮《さつりく》が、鏖殺《おうさつ》が、虐殺が、
形をとって、ここにある。
その事実を、エルは理解した。
彼女もまた生物の本能的な恐怖に駆られた。悲鳴をあげて逃げだしたくなった。

だが、バディと手を繋《つな》ぐことで、耐えた。

これから先を、エルはふたりで見届ける。

そう決めた。

「……イヴ、そこにいて」

「はい、ここに、います」

ふたりは観客であり続ける。今までのノアも強かった。だが、目の前に立つ吸血姫はその比ではない。彼女は血の王であり、死の貴族であった。黒と紅の暴風であり、心臓を穿《うが》つ牙であった。目を逸《そ》らしたい衝動に耐えて、エルは彼女の姿を食い入るように見つめる。


ノアリス・クロウシア・ノストゥルムは美しかった。

ノアのころよりも彼女は育っている。目は鮮血の色。流れる銀髪は足元まで落ちている。完璧な形をした胸や手足は、血のドレスで包まれていた。その唇は、女の艶《あで》やかさをもってやわらかく歪《ゆが》む。そう、確かにノアリスは――笑ったようだった。

観客たちへ、向けて。

瞬間、ノアリスは掻《か》き消えた。トンッと、彼女は『最後の狩人《かりゆうど》』を蹴りあげる。鞠《まり》のように、彼はかんたんに跳ねた。落下した体へ、ノアリスは踵《かかと》落としを放つ。バキボキバキと、明確な音を立てて、『最後の狩人』の全身は歪んだ。すべての骨が折られる。

肋骨《ろっこつ》が、胸から突きだした。折れた背骨が、首から生える。それでも、彼は死ななかった。死ぬことができないのだ。血を吐きながら、狩人《かりゅうど》は吼《ほ》えた。

「あっ……あっ、ああっ……」

「眠れ、怨敵よ」

「ああああ、あ、ああ」

「眠れ、親友よ」

「の、あ、のありすうううううううう」

「二度と、その墓を不遜に暴かせはしない」

『最後の狩人』は立ちあがる。懐から彼は――銀の杭《くい》を――吸血鬼用の武器をとりだした。

それが、最後の一撃だ。

いつかのように、吸血姫の胸を、狩人は貫こうとする。鋭く、ノアリスは腕を振るう。

広間に影が躍った。骨が断ち切られて、肉が潰れる。

血が舞った。交差したまま、ふたつの影は動かない。

そうして、

そうして？

「…………………………………………………………もう、さみしくはない、か？」

血を吐きながら、『最後の狩人《かりゅうど》』はたずねた。
死の間際の一刹那、それは魂から絞りだされた言葉だった。
憎く、親しい敵の問いに、吸血姫は短く答える。
「ああ」
「そうか、……よかった」

本当に、よかった。

それが、最後の言葉だった。

怨《うら》みでも、
憎悪でも、
懇願でも、
悲哀でもなく。

ただ、祝福を落として、

『最後の狩人』は心臓を潰された。

＊＊＊

白い床に、黒い血が広がる。

その中心に、『最後の狩人』が倒れている。

悪魔の心臓という動力源を潰され、彼は動かなくなった。もう、『最後の狩人』は死んだのだ。だが、エルは知っている。彼女たちは完全な勝利を迎えられたわけではなかった。

なにせ、ノアは心臓を代償としたうえで、中にしまっていた血を飲みこんでいる。そうして、ノアリスへと変わったのだ。ならば、その力の切れたときはいったいどうなるのか。

『最後の狩人』の死骸を、吸血姫は静かに見つめた。続けて、彼女は問いかける。

「……ハツネ？」

「なに？」

「私が怖い？」

ノアリスは振り向く。壮絶な美貌を誇る、死の化身がハツネを見た。

その視線は、心臓が止まりそうなほどに鋭い。

ハツネは一度目を閉じて、開いた。吸血姫へと、ペットは近づく。

かがめと、ハツネは尊大に手で指示をだした。あらあらと、ノアリスはそれに従う。血《ち》濡《ぬ》れた吸血姫の鼻先へ、ハツネは嫌そうにキスを落とした。

チュッと、愛らしい音が鳴る。

「……別に、怖くない。ペットって、そういうもんでしょ。飼い主が血まみれで、普段よりもちょっと強そうだからって、どうだっていうの。いい気になんないで」

「そう」

「……おまえはおまえだから」

「ありがとう、ハツネ」

にこりと、ノアリスはほほ笑んだ。

その背が縮んでいく。彼女はノアへともどった。そうして、ハツネに顔を寄せた。優しい表情で、幼い吸血姫は告げる。

鼻と鼻を触れあわせて、内緒で、まるで小さな子供が、愛猫を膝に乗せてささやくように。

ずっと変わらない、大切な真実を告げるように。

「大好きよ」

パキンッと、音が鳴った。

嘘《うそ》のようにノアは崩れた。

ザアッと、白色の砂が零《こぼ》れる。

まるで、塩の柱と化したかのように、ノアは一気に崩壊した。吸血姫の笑顔が流れ去っていく。指の先まで、彼女は美しい白色に変わった。一瞬にして、ノアは無惨に砕け散る。

そこには、もうなにもいない。

ただ、ノアが『いた』という残骸《ざんがい》だけがあった。

白の中で、ハツネは立ち尽くす。しばらく、彼女は沈黙した。まるでなにが起こったのかわからないというかのように。いきなり、ただひとりで置き去りにされた子供のように。

だが、ぎりっと歯を噛《か》みしめて、ハツネは言葉を絞りだした。

「……ふざけんな」

乾いた砂を握る。白色を、ハツネは叩《たた》く。

そして、喉が張り裂けそうな声をあげた。

「ふざけんな、ふざけんな、ふざけんな！　おまえは、おまえはいつもそうだ！　いつも、私の気持ちなんて無視して、好き勝手言って！　弱いところだってあるくせに、朝には弱くて、疲れやすいくせに！　いつでも無敵な顔をして！　私のことをワガママだって言うけど、おまえだって大概だったじゃない！　このバカ、バカッ、死ねッ！　私……私は！」

そこで、ハツネは止まる。

彼女は、ノアへの想《おも》いなどなにひとつとして口にしなかった。ペットが、飼い主をどうとらえていたのかはわからない。憎かったのか、鬱陶しかったのか、それとも、向けられる愛情と同じように、愛していたのか。明らかにすることなく、ハツネはただつぶやいた。


「私はこれから、どう眠ればいいの？」


エルは思う。骨が浮かびあがるほどに、拳を固めて考える。

こんな結末は認めたくない。

認められない、けれども。

「エルさん、ノアさんは……」

「うん、そう、わかっている」

骨のような白色が、その事実を告げていた。

だからエルは逃れられない現実を口にする。


「ノアは死んだ」

ふたりで眠る吸血姫とペットがいた。
もう、吸血姫だけがどこにもいない。
彼女は死んで事件は終わった。
――めでたし、めでたし。

# 第八幕　そんな、つまらない御話

それから。
それから？

ハツネはノアの館で休んでいた。
金の狼《おおかみ》の毛皮のうえで、彼女は丸くなっている。その様はまるでワガママな令嬢が自由気ままに昼寝をしているかのようだ。だが、正確には、ハツネはもうずっと眠れてはいなかった。何度かうとうとしたことはある。だが、そのたびに悪夢にうなされて飛び起きた。

これは罰だと、誰かが言う。
これは罪だと、誰がが言う。

けれども、本当はそうではない。

いつだって、ハツネはなにもしていなかった。

それなのに、彼女は色々なことをされた。女王の血族だという、それだけの理由で虐げられた。地に逃げたあとも特異な体質と容姿に着目されて非道な人間たちの間を回された。

ああ、そうだとハツネは思いだす。

彼女がノアと会ったのは、新たな客にいたぶられたあとだった。

そのころ、彼女はまだハツネという名前をもたず、地下の売春宿にいた。そこで一番高価な彼女は、有り金をはたいた客によって、ガラスの筒で体中を貫かれた。彼女の全身を生きたまま穿《うが》って、客はそこに花を挿してスケッチをした。とんだ変態だった。

拷問を超えた苦痛の時間は、永遠に続くかのように思われた。

泣き叫んでも、止《や》めてはもらえなかった。

そうして今、シーツを真っ赤な血で濡《ぬ》らして、ハツネは横たわっていた。男の絵は完成したらしい。だが、首を横にかしげて、また男はガラスの筒を手にとった。できばえに満足できなかったようだ。また、貫かれるのか。そう気づいた途端、ハツネは大声で叫んだ。

「ごめんなさいごめんなさいもう許してくださいお願いしますおねがいします助けて許してておねがいですなんでもしますからやめてくださいやめて、もうやだあああああっ」

急に、扉が破られた。

黒い暴風が走った。

変態の男は死んだ。

あとには銀髪の可憐《かれん》な少女が立っていた。まだ幼いのにその姿は百年、千年と時を経た、異様な高貴さをまとっていた。黒いドレスに包まれた体からは、二枚の羽が生えていた。男の首を切断した飛膜はきれいに血濡《ちぬ》れていた。

ソレは美しく、恐ろしい生き物だった。

死を具現化したような存在を前にしながらも、なぜか、彼女は落ち着いていた。

ああ、私も殺されるんだと、彼女は考えた。

だが、この苦しみが終わるのならば、それもかまわなかった。このまま生きていても、永遠に辛《つら》くて苦しくて悲しくて、ただただ、ずっと終われないだけだ。ここで切られたとしても、その羽にならば別にいいとすら思えた。

だが、美しい生き物はからりと言った。

「ノアはね、空っぽなの」

なんの話だと、彼女は思った。

もしや、新手の変態かとすら疑った。

その疑念と嫌悪は伝わっていたことだろう。それなのに、生き物は涼やかに続けた。

「なら、人間の娯楽でも味わおうかと思って宿をとってみたのだけれど、ダメ。まるでつまらない。これで本当に大切なものなどできるのかしら……そう悩んでいたら、悲鳴が聞こえたものだから。ちょっと失礼したけど、よかったかしら？」

「おまえ……なにを言っているの？」

「あら、喋《しやべ》れるの？　そう……ずいぶん治りが早いのね」

恐ろしい生き物——美しい少女——はなにかを考えた。じっと紅《あか》い目に、少女は彼女を映す。そうして、ぽんっと手を打ち鳴らした。楽しそうに歌うように、少女は問いかける。


「あなた、ノアのペットになる？」

「…………………………はあ？」


それに彼女はバカじゃないのという顔をしてやった。心の底から、目の前の少女は愚かだと思った。そんな、人を下に見た話があるかと。だが、少女はにこにこと笑顔で続けた。

「いい反応。うん、気に入った。ねっ、いいでしょ？　痛いことも辛いこともしないし……ちょっと齧《かじ》るかもだけど、大切に飼うから」

「おまえ私をなんだと」

「あなたは、あなたよ」

その言葉が、胸を突いた。

今まで、彼女は何度も言われてきた。

女王の血族だから。罪の子だから。だから、おまえが悪いのだと。罰を受け入れろと。

彼女自身を見てくれる者など、誰もいはしなかった。それなのに、少女はくりかえす。

「これからは大切な、ただひとりのあなた――そう、『ハツネ』」

名づけは実に適当に行われた。

以来、彼女はハツネになった。

ハツネは、吸血姫のペットに堕《お》ちた。だが、飼い主を愛しているわけではなかった。慕っているわけでもない。親しみを抱いてもいない。それでも、少女は――ノアはそれでいいようだった。勝手気ままに、彼女はハツネをかわいがった。まさしく、ペットだ。それ以上でも、以下でもない。ただ、ノアの傍《そば》では、ハツネは唯一安心して眠ることができた。

――ハツネ。

たとえば言葉にするのなら。

――ノアの、ハツネ。

それはいったいなんだったのだろう。

「………………うるさい、バカ」

今、ハツネはつぶやく。じっと彼女はテーブルのうえに置かれた瓶を見つめた。中にはノアの白い灰が詰められている。それはまるで、焼かれたあとに砕かれた骨のようだった。遺灰を復活させる方法を探るため、エルとイヴ、エチルとシアンは奔走しているようだ。また、エルとイヴは種族間の緊張にも巻きこまれているらしい。だが、そんなこと、ハツネにはどうでもよかった。エチルとシアンは定期的に帰宅しては、ハツネに食事を摂《と》らせ、風呂に入れ、頭を撫《な》でた。だが、肝心のノアは帰ってこない。

ハツネは眠れない。
もう五日がすぎた。
ノアは帰ってこない。

＊＊＊

七日がすぎた。
ノアは帰ってこない。
十日がすぎた。

ノアは帰ってこない。

二十日がすぎた。

ノアは帰ってこない。

――ノアは、帰ってこない？

――このまま待ち続けても？

もしや、本当に、彼女は二度と帰ってこないのか。

そう、濁った頭で、ハツネが気づいたときだった。

何者かが、彼女の前に現れた。

＊＊＊

その者は、美しい娘だった。

長い髪の一部を、彼女は漆黒のリボンで結わえている。細い立ち姿には、清楚《せいそ》で、不吉な印象があった。体全体は灰色のローブで覆い隠されている。そのせいで、彼女が五種族のどれに属するのかはわからなかった。今は守る者のいない吸血姫の館へ侵入すると、娘はハツネを見下ろした。そして、やわらかく口を開いた。

「主人が恋しい？」

「……恋しくない」

「うん、そっか。どうやら、私がまちがえてしまったみたい。悪かったね。それじゃあ言いかえるね……主人が懐かしい？」

そう言われて、ぼんやりとハツネは考えた。

実はよく笑う、紅《あか》い目。彼女を齧《かじ》る、滑らかな牙の感触。ハツネと呼ぶ声。お仕置きと指を鳴らす音。頭を撫《な》でる小さな手。無邪気で上品で、めちゃくちゃな、幼い吸血姫の姿。

それが、懐かしくないかと問われれば、懐かしい。

涙がでるほどに懐かしかった。

こくりと、ハツネはうなずく。その様を眺めて、娘は言葉を続けた。

「血族といえども冠の場所は知らず、与える力もないことは確認できたからね。我らの第一の目標は達成されたといえるだろう。君の気持ちには関係なく、ね。だけど、これだけではまだ足りないんだ。戦争になる前に知っておきたい情報がある——どうか、思い出してはくれないかな？　君には未《いま》だ、忘れていることがあるはずだよ？」

瞬間、ハツネの前で膨大なナニカが弾《はじ》けた。女王。匣庭《はこにわ》。安息。安寧。民。五種族。人間。獣人。天使。悪魔。吸血鬼。贈り物。五つの贈り物。誰か。空の玉座。血濡《ちぬ》れた冠。

――ここは、墓場だ。

「…………あっ」

糸で引かれたかのように、ハツネは立ちあがった。

転がるようにして、彼女は前のめりに駆けだした。娘が後をつけている気配がする。だがそんなことはどうでもよかった。ただ、ハツネはナニカを目指して、裸足《はだし》で走り続ける。ハツネは館の奥深く――以前、ノアに言われて作ったことがある――第一の扉へ向かった。その取っ手を掴《つか》み、引く。中からすべてが死に絶えた後のもう動かない空気が溢《あふ》れた。

女王の城へ、ハツネは転がりこむ。

白い広間に、彼女は足を踏み入れた。床には黒い血の跡が広がっている。『最後の狩人《かりゅうど》』の遺体は回収され、ここにはない。ただ、戦いの爪痕だけが残されていた。

そのすべてを、ハツネは無視する。

空の玉座へと、彼女は駆け寄った。

今では、ハツネにはわかっている。思いだしたのだ。

ここは、本物の玉座ではなかった。これは、一時的に座るためだけの場所で、本当の女王の間は別にある。ハツネは己の指を噛《か》み切った。そして、椅子の背を飾る宝石に血を塗りつけた。べっとりと、紅《あか》が碧色《へきしょく》を濡《ぬ》らす。

瞬間、虹色の光がほとばしった。白い壁が、重々しく横へと開く。中へ、ハツネは駆けこんだ。

螺旋《らせん》階段を、彼女は登った。

白の連なりは、永遠に続くように思える。だが、最後にハツネはある小部屋にでた。中に入ると、頭が鈍く痛んだ。朦朧《もうろう》としながらも、彼女は己のつぶやいた言葉を思いだした。


――なにか、恐ろしいことが起こって。


玉座では、誰かが死んでいた。

ドレスを着た五種族の誰でもない女性が、全身を突き刺されて絶命している。強い殺意が感じられる死体だった。複数の剣に貫かれた凄絶な状態で、彼女は無惨に殺されている。

それが、誰なのか、ハツネにはわからなかった。頭が痛い。記憶が混濁する。

だが、何者かの声が本当の真実を教えようとするかのようにささやいてきた。


かつて、ここにはすべてがあった。

だが、ここには。

もうなにもない。

悲劇は終わった。喜劇も閉じた。終幕を迎えた。舞台は壊れた。

役者は死んだ。

それならば匣庭《はこにわ》は？

どうなるというの？

だが、ハツネにはそのすべてがどうでもよかった。

おそれることなく、彼女は死体に駆け寄った。その腹に刺さっていたナイフを抜く。どろりと、血があふれた。その死肉は固まらず、腐敗してもいない。

震えながら、ハツネはナイフで女性の腕を切った。苦労しながらも、手首を切断する。その紅《あか》を零《こぼ》さないようにしながら、ハツネは急いで走ってもどった。途中、あの謎の娘とすれ違った。だが、彼女は気にも留めなかった。ただ、ハツネはがむしゃらに先を急ぐ。

後ろ手に、扉を閉じた。

ノアの館へ、ハツネは帰還した。彼女は客間に入る。白い灰の詰められた瓶をとった。

ハツネは知っている。黒い灰には、血液を混ぜれば、吸血鬼は復活する。だが、白く変わったものについては無理だった。遺灰は二度と蘇《よみがえ》りはしない。

そのはずだ。

だが、それはただの血を混ぜた場合だった。

この紅色は異なる。

ただの血ではない。

そう、これはハツネをも上回る、特別な血液だった。

女王の血だ。

同時に、ハツネはぼんやりと思う。

それは、なにを意味するのだろう。

だが、細かいことをハツネは考えなかった。ただ、彼女は瓶に紅を注ぐ。とろりと血は灰に染みた。白色が紅く染まる。だが、なにも起こらない。待っても、なにも変わらない。

奇跡は、果たされない。

祝福は、起こりえない。

ああとハツネは悟る。

ようやく、理解する。

百年。

千年。

待ち続けても、もう。

ノアは帰ってこない。

「うっ……あっ……」

ハツネの口から呻《うめ》きが漏れた。今まで、彼女は泣かなかった。ノアの死に対して涙のひとつも零《こぼ》さなかった。そのはずがなにかが割れる。なにかが崩れる。ハツネは頭を抱えた。胸が熱い、額が軋《きし》む、心臓が痛い。耐えられなかった。痛かった。痛みには慣れているはずなのに、痛くて痛くてしかたがない。子供のように、彼女は涙を流して大声をあげた。

「やだやだやだやだ、やだあっ！　助けて、ノア……ノアあああああああああああ、来てよ、ノアああああああ！　ノアあああああああああ、あ、あ……あ……ノア……」

「はい」

声が、した。

懐かしい声が。

ハツネは目を見開く。

いつの間にか、そこにはひとりの少女がいた。

紅《あか》い目をした、幼い吸血姫が佇《たたず》んでいる。

奇跡のように祝福のように、彼女は問う。

「どうしたの？　ハツネ？」

「うっ……あっ…………あっ」

瓶は倒れていた。中から白い灰は消えている。わずかな残りが熱を帯び、煙を放っていた。そして、ハツネの前ではノアが生きていた。首をかしげて、彼女はそこにいる。ハツネの目からさらに涙があふれた。強く、ハツネは地面を蹴る。そして、ノアを抱きしめた。

その唇に、キスをする。

ふたりは床へと倒れた。


「あらあら、どうしたの、ハツネ。いきなり、情熱的」

「うっさい、バカ！」

叫ぶように、ハツネは吠《ほ》える。腕の中の体は冷たい。けれども温かい。心臓は鼓動を刻んでいる。飼い主の胸に、ペットは顔をうずめる。もう一度、彼女はその事実を確認した。

ちゃんと生きている。夢ではない。幻ではない。ここにいる。つまり、
答えは、ひとつだ。

ノアは帰ってきた。

「……………………………………………………おかえりなさい」

「ええ、ただいま」

ハツネは言う。ノアは応える。

飼い主はペットに両腕を回す。

「心配かけてしまったのね」

「……心配なんてしてない」

「あらあら、本当かしら？」

「もういいから……黙って」

涙を流しながら、ハツネは思った。

これでようやく眠ることができる。

ノアの、胸の中、
飼い主の腕の中、
ペットはゆっくりと目を閉じた。

ひとりぼっちの吸血姫がいて、

＊＊＊

彼女はある日ペットを拾った。
ひとりぼっちの、少女がいて、
彼女はある日ペットにされた。
ふたりは、今でも共にいる。
これはかんたんで、単純な、
そんな、つまらない御話《おはなし》だ。

# エピローグ1

「……このまま五種族はどうなるの、か」

宿舎にて、エルは苦々しくつぶやいた。

ベッドの上には、イヴが座っている。

先日、彼女はハツネからノア復活の知らせを受けた。だが、なにが起きたのかはまるでわかっていない。彼女たちから詳細を聞く必要があった。だが、今はそれも難しい状況だ。

五種族の関係は荒れに荒れ、ねじれにねじれていた。

予想どおり、悪魔は知らぬ存ぜぬを貫いた。

一方で、流石《さすが》に『始祖』も激怒した。

そのせいで、吸血鬼と悪魔は緊張状態に陥っている。警察本部が襲撃に巻きこまれた天使も、警戒を強めていた。よって、別種族に気軽に会える状況ではなくなったといえる。

枕を抱きしめて、イヴはつぶやいた。

「……けっきょく、今回の事件はなんだったのでしょうか？」

「確証はない。でも、アタシは、敵にはハツネを動かして、女王について確認したいことがあったんだと思ってる。扉も新しく作りだされたし、ね」

そう、ノアの生みだした二枚目の扉も頭痛の種だった。

今まで、五種族の代表が『贈り物』の儀の際に行き来していた入り口は——吸血姫の城に、ノアが実験的に作りだしたというものとは別にあり——固く隠されていたらしい。そこは、定められた時にしか開かなかった。だが、この度、新しい一枚が突きつけられてしまったのだ。千年に一度しか訪れられないはずの場所は、まさかの出入り自由と化した。

その存在をもてあまし、とりあえず扉の周囲は立ち入り禁止にされている。

あとで、各代表が女王のもとを訪れる予定だ。だが、

「……果たして、訪れたところで」

エルはつぶやく。彼女は目を伏せた。イヴが不安そうな表情をする。

彼女に向けて、エルは言った。

「これは、アタシの予想だけど」

「なんでしょうか、イヴさん」

「怖い話なんだけれどね」

女王の城で聞いた言葉を、エルは思いだす。

ここには悲しみがある。ここには嘆きがある。ここには涙がある。

ここにはすべてがあった。

だが、ここには。

もうなにもない。

悲劇は終わった。喜劇も閉じた。終幕を迎えた。舞台は壊れた。役者は死んだ。

——どうせ、ここは墓場だ。

そうして、エルは推測を語った。

「女王はもう、死んでいるのかもしれない」

# エピローグ2

そこは、廃屋だった。

辺りには、雑草が生え広がっている。壊れた台座の上に辛うじて乗りながら、雨に濡《ぬ》れた女王像が、空を指さしていた。その右隣には砕けた聖母像が寄り添うように立っている。

いつかと、同じ場所だ。

誰かは、ここである者と待ち合わせをしている。

その誰かは、つまらなそうに像のカケラを蹴った。

ハツネのもとに、先日現れた娘だ。ハツネへと向けたやわらかな口調とは打って変わって、彼女は乾いた言いかたで虚空へと問いを投げかける。

「さて、確認は済んだ……血族も冠の場所は知らず、女王への道もまた、開かれた。死体の位置もわかった。計画のとおりに……それで次は？　どうするの？」

「そうですね。悪魔の心臓は使用してしまった。これから先の手は慎重に打たなくては」

それに、返事があった。廃屋の奥から目元を覆い隠した娘が現れる。

ジェーン・ドゥだ。

今はリリスを伴っていない。彼女に向けて、もうひとりの娘はつぶやいた。

「慎重に、ね……悪魔の心臓を使用しておきながら、あなたが言うことなのかしら？　末《まっ》裔たちに、『最後の狩人』を名乗って手紙をだして誘導したり、色々と派手だったじゃない？　そう、私は思うのだけれども？」

「仕方がありません。時間はもうない」

てのひらを組みあわせて、ジェーン・ドゥは口を滑らかに動かした。

普段の不可解な語りが嘘《うそ》であるかのように、彼女は言う。そうして、ジェーン・ドゥもまた、虚空へと視線を投げかけた。天使と悪魔のバディ。此度《こたび》の事件の幕をひいた者たち。哀れな存在を思い浮かべながら、ジェーン・ドゥは続ける。

「もうすぐ、戦争が起こります。真実の裏を知ったところで、もう遅い。悲劇はとうの昔に終わってしまった。ここからは、なるべく早く動きださなくてはならない。『冠の描いたシナリオ』は不実だから……これこそが、匣庭《はこにわ》のためでもある」

彼女は善ではない。だが、邪でもなかった。

真の罪は別にある。それはすでになされた。

ならば、残された者は足掻《あが》くしかない。

「次は、私も出ます」

ジェーン・ドゥの言葉に、少女は笑う。そして、彼女は布を脱いだ。
その尾てい骨からは、すらりと悪魔の尾が伸びていた。

＊＊＊

悲劇は終わった。喜劇も閉じた。終幕を迎えた。舞台は壊れた。役者は死んだ。
それならば匣庭《はこにわ》は？
どうなるというの？

# あとがき

こんにちは、綾里《あやさと》けいしです。

「カルネアデス2．孤高の吸血姫と孤独な迷い猫」をお手にしていただき、ありがとうございました。今回のサブタイトルは、編集様からのご相談で、綾里が提案させていただいたものになります。孤高の吸血姫と孤独な迷い猫が出会って、ふたりは飼い主とペットになるのだ……そんな変化を意識して、こちらに決めました。

ふたりで眠る吸血姫とペットがいた。

彼女たちの迎えた試練と、その顛末《てんまつ》をお楽しみいただければ幸いです。

「カルネアデス」は、ｒｕｒｕｄｏ先生のオリジナルキャラクターを基にして、書かせていただいている小説です。そのため、大切なお嬢さんたちをお預かりしている立場として、綾里には各キャラクターたちの想《おも》いや関係性を、とても大切に書いていきたいという思いがあります。第一巻ではエルとイヴを、第二巻ではノアとハツネ、その絆《きずな》を特に大切に表現したいと考えました。毎巻全力を尽くしてはおりますが、イラストとしてのキャラクターたちの魅力を損なわない物語ができていることを、ただ切に願うばかりです。

そして、今巻でお報《しら》せがされているはずですが、なんとコミカライズが開始します！

こちらの脚本も綾里が担当させていただきました！　一巻を漫画用に膨らませ、再編集してお届けします。作画のはっとり先生が大変すばらしく、絵のなかったキャラデザの作成も含め、美麗かつ動きのある漫画としていただいております。連載をお楽しみに！

今後とも、「カルネアデス」シリーズをよろしくお願い申し上げます。

それでは、恒例のお礼コーナーに参ります。

まず、ｒｕｒｕｄｏ先生、お忙しくも体調など大変な中で、美麗な絵の数々を本当にありがとうございました。ｒｕｒｕｄｏ先生のお描きになる皆が大好きなので、新しい姿を見られて大変に嬉しく思います。今後とも、綾里も全力で頑張ります。続けて、編集のＫ様。いつもたくさんの作業を、本当にありがとうございます。お世話になっております。

皆の新しい形を見せてくださる、コミカライズのはっとり先生に、漫画担当の編集様。続けて、出版に関わってくださった皆様と、大切な家族。

そして、「カルネアデス」の二巻もお読みくださった、読者の皆様。

本当の本当に、ありがとうございました。心よりの感謝を捧げます。

さて、今巻は巻末予告があるものと思いますが……皆様の応援で三巻出ます！

一巻はエルとイヴ、二巻はノアとハツネ。

そして三巻はジェーン・ドゥとリリスの物語。

願わくば、またこの匣庭《はこにわ》でお会いしましょう。

# AFTER STORY・つまらない御話の後

それは、ノアの復活直後の話だ。


「お嬢さまあああああああああ」

「ご主人さまああああああああああ」

ひしっと、ふたりのメイドが――長椅子に優雅に座る――ノアに抱きついた。エチルは小さな頭を抱えてぐりぐりし、シアンは足先にすりすりと頬《ほお》ずりをする。ふたりが胴に抱きつかないのには理由があった。ノアがハツネに膝枕をしているためだ。

可愛《かわい》いメイドたちの反応にほほ笑みながら、ノアは告げる。

「ふたりにも心配をかけてしまった。ごめんなさい……でも、もどってくることができて本当によかった。ノアはそう思うの。あと、ふたりともハツネが起きてしまうから静かに」

「はい、はい！　お嬢さま……ぐすっ」

「ええ、ええ！　ご主人さま……うっ」

「うん……ちゃんと小声にできて、いい子」

そう、ノアはうなずいた。エチルとシアンはぐりぐりとすりすりを続ける。その間にも、ノアは白い手をやわらかく動かした。猫を愛でるようにハツネの頭を撫《な》でながらつぶやく。

「……ハツネと『最後の狩人《かりゆうど》』が使った、ノアの邸内に以前作成した扉。その存在について、エルは上へは報告をあげないはず。新たな一枚の出現だけで、五種族は手一杯。もう一枚あるとわかれば大変なことになるし、エルはノアを信頼しているから」

独り言のような響きは続く。指先で、ノアはハツネの耳元をくすぐった。ハツネは眉根を寄せる。そのまろやかな頬をふにふにとつつきつつ、ノアは不意に冷たい言葉を吐いた。

「エルは賢い——賢くて、愚かな子」

氷のように美しい笑みを、ノアは浮かべる。だが、そこで、ハツネが唇を動かした。

小さく、彼女は寝言を口にする。迷い子のごとく、ハツネは心細そうにつぶやいた。

「……ノア、そこに、いる？」

「ええ、いるわ。ずっといる」

甘やかに、ノアは応えた。飼い主としての愛《いと》しさをこめて、彼女はペットの頭を撫でる。

「諦めないでノアを取りもどしてくれてありがとう、ハツネ」

これからは病める時も健やかなる時も、あなたと共にいる。

喜びの時も悲しみの時も。そう誓って、ノアは目を閉じる。左右に、エチルとシアンが座った。ふたりはノアの肩に頭を乗せる。満足そうな表情で、メイドたちも眠りに落ちた。

「……なんなの、コレ」

目を覚まし、ハツネは不機嫌な声をあげた。ノアの復活直後、自分が意識を失ったことまでは覚えている。体力の限界から眠ってしまったのだ。だが、起きてみれば、エチルとシアン、それにノアまでもが固まって寝ているとは思わない。ハツネは馴《な》れ合いが嫌いだ。我儘《わがまま》な猫のごとく、彼女は脱出を図る。だが、下手に動けば全員がバランスを崩しそうだ。

「まったく、迷惑なんだけど」

怒りながらも、ハツネはノアの膝に頭を戻した。そのまま、彼女は幼い吸血姫の顔を見上げる。そこに血塗《ちまみ》れの『ノアリス』の姿が重なった。少しだけ、ハツネは身体《からだ》を伸ばす。

ちゅっと小さく、ペットは飼い主の鼻先にキスをした。


「あら、ハツネ。また、大胆」

「ッ！　起きてたなら言え！」

真っ赤になって、ハツネは叫ぶ。それに、ノアははいはいと笑う。やがて、エチルとシアンがそこに加わった。吸血姫の屋敷の中は、一時的に失われていた喧騒《けんそう》へ包まれていく。

吸血姫とペットがいた。

ふたりは今も共にいる。

CARNEADES《カルネアデス》

プロジェクト『カルネアデス』
コミカライズ企画進行中!!
◀◀◀試し読みページを
特別収録！
ドラドラふらっとb
FLAT
にて
2024年春頃連載開始予定!!
漫画 はっとりまさき
※2024年1月時点の情報です。

悪魔と天使は
敵対関係
わかりあえる
ことなどない
そう
思っていた

アンタと出会うまでは

千年の安息が続いた幸福と幸運を

ファンレター、作品のご感想を
お待ちしています

あて先

〒102-0071　東京都千代田区富士見2-13-12
株式会社KADOKAWA　MF文庫J編集部気付
「綾里けいし先生」係　「rurudo先生」係



MF文庫J https://mfbunkoj.jp/

MF文庫J

# カルネアデス
## 2.孤高の吸血姫と孤独な迷い猫


2024年 1月25日 初版発行

| | |
|---|---|
| 著者 | 綾里けいし |
| イラスト・企画 | rurudo |
| 発行者 | 山下直久 |
| 発行 | 株式会社 KADOKAWA<br>〒102-8177 東京都千代田区富士見 2-13-3<br>0570-002-301（ナビダイヤル） |
| 印刷 | 株式会社広済堂ネクスト |
| 製本 | 株式会社広済堂ネクスト |




Printed in Japan　ISBN 978-4-04-682640-4 C0193




◇◇◇